옹고집전
누가 똥골 맹랑촌 사는 진짜 옹고집이더냐

23

옹고집전

누가 똥골 맹랑촌 사는 진짜 옹고집이더냐

전국국어교사모임 기획·이민희 글·경혜원 그림

Humanist

'국어시간에 고전읽기' 시리즈를 펴내며

고전을 읽어야 한다는 가르침은 어릴 때부터 귀가 따가울 만큼 들었다. 그러나 몸소 이를 따르는 사람은 흔치 않다. 종종 고전을 가까이하는 사람들이 있는데 이들은 대체로 삶을 헛되이 보내지 않고 훌륭한 일을 이루어 세상에 뚜렷한 이름을 남겼다. 고전 안에 그만큼 값진 속살이 들어 있기 때문이다.

고전이 이처럼 깊은 가치를 지녔는데 어째서 고전을 읽는 사람은 흔치 않을까? 아마도 고전이 사람을 쉽게 끌어당겨 주지 않기 때문일 것이다. 고전은 우리에게 섣불리 손짓을 하지도, 눈웃음을 치지도 않는다. 고전은 끈기를 가지고 파고들어 오는 사람에게만 마지못한 듯이 웃음을 지으며 속내를 털어놓는다. 고전은 요즘보다 훨씬 무뚝뚝하던 옛날에 이루어진 삶이며 글이기 때문이다.

그래서 우리는 청소년들이 고전을 즐겨 읽을 수 있도록 마음을 다했다. 뻣뻣하고 까칠한 고전을 달래서, 부드럽고 친절하게 청소년을 끌어당기도록 손을 쓰고 공을 들였다. 멋없이 무뚝뚝하던 고전을 정성껏 매만져서 두 팔을 활짝 벌리고 청소년들을 끌어안을 수 있도록 탈바꿈했다.

고전은 이제 온전히 겉모습을 바꾸어 청소년들을 맞이할 것이다. 자칫 속살까지 탈바꿈한 것처럼 보일지 몰라도 책을 읽다 보면 예스러운 고전의 맛과 멋을 한껏 느낄 수 있을 것이다. 우리는 무엇보다도 고전이 고전다운 속내와 뼈대를 온전하게 지니도록 하는 데 힘을 쏟았다.

고전은 시공간을 뛰어넘고, 나라와 겨레를 뛰어넘어 세상 모든 사람에게 큰 울림을 준다. 《시경》, 《탈무드》, 《오디세이아》, 셰익스피어와 괴테의 작품이 세상 모든 이에게 가르침을 주듯이, 우리의 고전도 모든 이에게 값진 가르침을 줄 것이다. 가르침이 서로 다르기는 하지만 높낮이가 있는 것은 아니다. 그러므로 세상 고전을 두루 읽어야 하는 것이나, 우리는 우리네 고전부터 읽는 것이 마땅한 차례다.

이런 뜻으로 전국국어교사모임에서 '국어시간에 고전읽기' 시리즈를 펴낸 지 십 년이 되었다. 누구나 두루 즐기며 읽을 수 있도록 쉽게 풀어 쓰고 맛깔나고 재미있는 작품으로 재창조하려고 무던히도 애썼다. 다행히도 많은 독자로부터 분에 넘치는 사랑을 받았고, 우리 고전을 가까이하고 즐기는 청소년들이 많이 늘어 고마울 따름이다.

지난 십 년처럼 묵묵하게 이 시리즈를 이어 갈 생각으로 첫 마음을 되새기며 글과 그림을 더하고 고쳐 좀 더 새로운 얼굴의 우리 고전을 세상에 다시 내놓으려 한다. 이 책을 통해 우리 청소년들이 풍성하고 가치 있는 고전의 바다에 풍덩 빠질 수 있기를 기대해 본다.

2012년 11월
전국국어교사모임

《옹고집전》을 읽기 전에

예부터 전해 오는 민담 중에 쥐가 사람으로 변해 주인 행세를 하면서 진짜 사람과 갈등하는 이야기가 있습니다. 사람이 아무 생각 없이 버린 손톱과 발톱을 쥐가 먹고 사람으로 변해 집주인 행세를 하자 진짜 주인이 누군지를 가리는 이야기지요. 그런가 하면 조금 다른 이야기지만, 〈아바타(Avartar)〉(2009)라는 영화를 본 적이 있나요? 이 영화에는 신체적 장애가 있는 주인공이 인간과 판도라 행성의 토착민 나비(Na'vi) 족의 디엔에이(DNA)를 결합해 만든 새로운 하이브리드 생명체인 아바타의 몸을 빌려 나비 족처럼 지내는 이야기가 나옵니다. 몸은 나비 족의 모습과 똑같지만, 실은 가짜 나비 족인 것이지요.

가짜와 진짜, 가상과 실재. 얼핏 생각하면 실제 우리가 사는 현실이 진짜고, 가상 공간은 물론, 소설 속 인물과 공간도 가짜입니다. 그렇지만 어떤 경우, 우리가 오감을 통해 느끼는 현실이 더 비현실처럼 느껴진 적은 없었나요? 아니면 거울 속의 나를 보며 무엇이 진정한 나의 모습인지 자문해 본 적은 없나요? 이것은 동서고금을 막론하고 우리 인간이 경험하는 실재입니다. 그것은 존재 자체에 대한 근본적인 질문이자 정체성 문제이기도 합니다.

우리 고전 소설 중에 우리 삶 속에서 진짜와 가짜가 우리에게 어떤 의미로 자리매김하는지 잘 보여 주는 작품이 《옹고집전》입니다. 심술 사납고 인색한 옹고집의 나쁜 성품을 고치기 위해 도승이 가짜 옹고집을 만들어 가짜 옹고집이 진짜 옹고집 행세를 하는 일이 벌어집니다. 진짜 옹고집과 가짜 옹고집은 서로 자기가 진짜라고 주장하다가 결국 원님의 판결로 진짜 옹고집이 가짜로 판정되어 집에서 쫓겨나고 맙니다. 그리고 마지막 부분에서 도승의 꾸지람을 듣고서야 진짜 옹고집이 자기 잘못을 깨닫고 제자리로 돌아간다는 내용이지요. 널리 알려진 설화를 근간으로 하여 가장 짧고 단순한 구성의 판소리 〈옹고집 타령〉으로 향유되다가 판소리 전승은 없어지고 소설로만 남게 된 것이 바로 《옹고집전》입니다. 판소리로도 불리고, 설화로, 소설로 널리 회자되었다는 것은 그만큼 재미있으면서 문제적인 작품이라는 증거겠지요?

《옹고집전》은 단순히 가짜와 진짜를 변별하는 과정에서 일어날 법한 우스개 이야기를 다룬 작품이 아닙니다. 가짜와 진짜를 구분하는 기준이 무엇이며, 가짜가 진짜로 판명나는 현실이 어떠한지 간접 체험을 하게 해 줄뿐더러, 변화하는 옹고집의 모습을 통해 내면의 성숙과 삶의 진정성 문제를 깨닫게 해 주기 때문입니다. 《옹고집전》을 읽으면서 여러분은 조선 후기의 사회상과 시대상을 엿볼 수 있을 것입니다. 돈과 물질에만 관심을 기울였던 심술궂은 옹고집의 모습은 조선 후기 경제 사회상의 일그러진 단면입니다. 진짜 옹고집이 보여 주는 심술이 혹시 내 안에 숨어 있는 또 다른 나의 모습은 아닌지, 나의 양심은 얼마나 건강한지 함께 생각해 보기 바랍니다.

2016년 10월
이민희

차례

내가 이 집 주인 옹가인데

누가 너더러
옹가라고 하더냐

마음씨 고약한
경상도 똥골 맹랑촌 옹 생원

경상도 똥골 맹랑촌에 옹 생원이 살았다. 그는 마음씨가 심술궂고 남을 괴롭히는 것을 즐기는 위인이었다. 남의 송아지 꼬리 빼기, 호박에 말뚝 박기, 초상집에서 춤추기, 불난 집에 부채질하기, 애 낳는 집에 거적 들고 달려들기, 물동을 이고 가는 계집 엉덩이 차기, 이웃 사람 이간질하기가 그의 장기였다. 마음씨가 고약한 옹 생원은 특히 중을 미워했다. 중이 찾아오면 동냥은커녕 두 귀에 말뚝 박은 듯 들은 체도 안 하고 머리에 콩 주머니를 묶어 괴롭히고 볼기를 매로 때리는가 하면 크게 소리치며 내쫓는 것이 다반사였다. 이런 소문이 자자했기 때문에 팔도를 다니며 걸립하는 중들은 옹 생원을 두려워한 나머지 영

* **걸립(乞粒)** 집집마다 다니며 축원을 하고 돈 또는 곡식을 얻는 일.

남 지방 근처에는 얼씬도 하지 못했다.

　하루는 금강산 월출암에 사는 도승이 이 소문을 들었다.

　'그놈을 그냥 두면 절에도 해가 될 뿐 아니라 동네에도 폐해가 극심할 것이니 정신을 차리도록 해야겠다. 내 그놈을 혼내 주리라.'

　이렇게 마음먹고 영남 지방을 찾아갔다. 도승은 칠포장삼을 둘러입고, 자줏빛 바랑을 둘러메고, 세대삿갓을 눌러쓰고, 육환장을 짚고, 목탁을 손에 쥐고 길을 나섰다. 산골의 좁은 길을 따라 내려가며 좌우 산을 구경하면서 시골 농가의 인심도 확인하고 들판의 농부도 만나 이야기하니 기분이 좋아지는 듯했다. 겹겹이 둘러싸인 험한 산들은 높은 봉우리를 이루고 있고, 푸른 시냇물은 이 골짜기 저 골짜기에서 흘러내린 물과 만나 출렁출렁 휘돌아 흘러갔다.

　　　　　　한쪽을 바라보니 무수한 잡목이 숲을 이루었는데, 늘어진 장송, 넓적한 떡갈나무, 부러진 고목, 초록색 휘장을 친 듯한 앞내, 뒷내

의 버드나무가 곳곳에 둘러서 있었다. 그
런가 하면 다른 쪽에는 진달래꽃, 철쭉
꽃, 살구꽃, 복숭아꽃, 배꽃 등 색색의 화초가 송이송이 활짝 피운
게 웃음을 머금은 듯했다. 또 다른 한쪽에는 온갖 종류의 짐승이 다
모여 평화롭게 놀고 있었다. 봄기운이 가득한 적막한 산에 달이 떠오
르자 놀란 새가 시냇가에서 울고, 봉황새는 오동나무에서 춤을 추었
다. 두견새는 슬픈 혼이 되어 눈물을 뿌리며 슬피 울고, 동정 호수의
촉혼조는 밝은 달빛 아래서 춤을 추고, 연태자 백두혼은 진시황을 원

* **칠포장삼(漆布長衫)** 옻칠을 한 검은 베옷. 길이가 길고 품과 소매를 넓게 지은 중의 옷. 흔히 탈춤 공연에
  서도 중의 복식으로 칠포장삼과 목에 거는 염주, 손에 쥔 목탁, 육환장, 그리고 소나무 이끼로 만든 모자 '송
  낙'을 언급할 만큼, 문학 작품에서 중임을 드러내는 표식으로 종종 쓰인다.
* **바랑** 중이 등에 매고 다니는 자루 모양의 주머니로, '배낭(背囊)'에서 변한 말이다.
* **세대삿갓** 가늘게 쪼갠 대오리로 보통 삿갓보다 작게 만든, 중이 쓰는 삿갓.
* **육환장(六環杖)** 고리가 여섯 개 달린 지팡이로 '석장(錫杖)'이라고도 한다.
  흔히 소설에서 승려가 짚고 다닌다.
* **촉혼조(蜀魂鳥)** 두견새의 다른 이름. 중국 촉나라 때 망제(望帝)인
  두우(杜宇)의 혼령이 이 새가 되었다는 전설에서 유래한
  말이다. '망제혼(望帝魂)'이라고도 부른다.

망하듯 울부짖고, 청각녹수 원앙새는 물결 위에서 비단 깃털과 채색 털을 목욕하고 있었다. 또 털 난 짐승이 삼백 종이나 보이는데, 청학과 백학, 앵무와 공작은 쌍으로 날고 있었다. 백호와 표범, 승냥이와 코 큰 너구리, 토끼, 소상강에서 슬피 울던 원숭이, 공자가 탄식하던 기린도 엉금엉금 내려왔다.

이렇듯 온갖 풍경을 두루 구경하면서 영남 땅 똥골 맹랑촌에 이르자 도승은 옹 생원의 집을 곧바로 찾아갔다. 문밖에 서서 염불하기를,

"나무아미타불 관세음보살."

하니 옹 생원 집의 늙은 종이 확 뛰어나오면서,

"여보시오, 여기서 염불 마소. 우리 생원님이 아시면 동냥은 고사하고 곱사등이로 만들지 모르니, 잔소리 말고 빨리 가시오."

하는 것이었다.

도승이 예상했다는 듯 대문 앞에 나서서 염불로 인사를 한다.

"소승은 강원도 월출암에 있는 중으로, 법당이 무너지고 향로석도 깨지고 암자 뒷방도 퇴락하여 새로 지으려고 권선문을 지어 시주하기 위해 팔도를 다니는 중입니다. 들으니 이 댁이 영남 지방에서 큰 부자라 하여 찾아왔으니 금은 천 냥만 시주를 부탁드립니다. 시주를 하시면 소승이 돌아가 법당을 다시 짓고 목욕재계한 뒤 영남의 옹 생원님이 자손만대 영화와 장수를 누리기를 부처님께 기도 올리겠습니다."

하고는 '나무아미타불' 염불을 외우자, 옹 생원이 그 소리를 듣고는 쌍창문을 탁 열어젖히면서,

"이 중놈아!"

하고 버럭 소리쳤다. 그러자 도승이 썩 나서며 말하기를,

　"소승이 문안드립니다. 동냥 시주 하옵소서."

하니 옹 생원이 두 눈을 부릅뜨고 팔뚝을 뽐내면서 소리치기를,

　"그러면 내 얼굴을 보고 말해 보거라."

한다. 도승이 고깔을 치켜 쓰고 장삼을 흔들면서 육환장을 뽐내며 앞뒤로 왔다 갔다 하며 옹 생원의 얼굴을 보고는 이르기를,

　"두 눈썹 사이가 너무 좁은 게 고집불통일 것이며, 눈썹 길이가 눈보다 긴 걸 보니 형제는 많겠고, 콧방울이 흘렀으니 욕심 때문에 의가 상할 상이고, 누당이 몹시 좁은 걸 보니 근친상간할 것이며, 배가 크고 등이 굽은 것을 보니 말년에 고생할 것이고 팔십 세에 죽는 것은 정해진 것이며, 말년에 생긴 병 때문에 콧소리하고 죽을 상을 지녔습

* **백두혼** 중국 연나라의 태자였던 '단(丹)'의 혼령을 말한다. 전국 시대에 진(秦)나라의 왕이었던 '정(政)'의 세력이 커지자 이를 두려워한 연나라 태자가 자객 '형가(荊軻)'를 보내 정을 죽이려 했으나 실패하고, 결국 연나라는 진나라에 망하고 만다. 이 진왕이 훗날 진시황제다.
* **소상강(瀟湘江)** 호남성 동정호 남쪽에 있는 강 '소수(瀟水)'와 '상강(湘江)'을 함께 일컫는 말.
* **기린(麒麟)** 중국 노나라 애공(哀公)이 사냥에서 이상한 짐승을 한 마리 잡자 이를 불길하게 여긴 사람들이 이 짐승의 목을 찔러 죽였다. 사람들이 짐승의 시체를 공자(孔子)에게 보이며 이것이 무엇인지를 묻자, 공자는 기린이라고 답한 후 하늘을 쳐다보며 "이제 나의 진리는 끝났다." 하며 탄식하고 노래를 지었다는 일화가 전한다. 이때 공자가 탄식한 이유는 상서로운 동물인 기린을 알아보지 못하고 잡아 죽이는 참혹한 현실 때문이었다. 공자의 모친이 꾼 태몽도 기린이었기에 기린은 곧 공자 자신을 뜻하고, 기린의 죽음은 곧 공자의 인의(仁義) 정치가 끝났음을 뜻하는 것으로 이해한 것이다. 공자가 《춘추(春秋)》를 엮을 때 '획린(獲麟)'(기린을 잡다)이란 두 글자로 끝을 맺고 있는 것도 그런 뜻을 담고 있다.
* **권선문(勸善文)** '선을 권하는 글'이라는 뜻으로, 흔히 신자들에게 보시를 청하는 글을 말한다.
* **콧방울** 코끝 양쪽으로 둥글게 방울처럼 내민 부분.
* **누당(淚堂)** 속눈썹 아래 누에 모양으로 옆으로 길게 누워 있는 볼록한 부분을 와잠이라 하는데, 이 와잠 아래를 눌렀을 때 뼈가 없고 살짝 오목하니 들어간 부분을 가리킨다. 이 부분에 눈물이 나오는 눈물샘이 있어 '누당'이라 한다.

니다."

하는 게 아닌가. 옹 생원이 이 말을 듣고 화가 나,

　"이 흉악한 놈 같으니라고. 당장 저놈을 부숴 버리고 말리라."

하고는,

　"어른 종놈 오쇠야, 아이 종놈 덕거머리야. 어서 이리 오거라. 이 중 놈을 어서 붙잡아 결박하거라."

하고 외쳐 댔다. 이에 종들이 달려들어 도승을 붙잡아 다른 마당으로 끌고 나가 '와지끈 퉁탕' 결박했다.

　옹 생원이,

　"이 중놈아, 내 말을 잘 듣거라. 네놈이 부처 제자가 되었다면 산문 에서 밤낮으로 팔만대장경을 읽고 솔잎 한 가지만 먹으며 도를 익히는 것이 옳거늘, 방자하게 도승이라 일컬으며 민가를 다니면서 목탁을 두 드리며 시주하러 다니고, 아이를 보면 예쁘다고 하고, 계집을 보면 입 맞추고 얼러 보고, 고기를 보면 입맛을 다시고, 술을 보면 침을 흘리 며 몹쓸 짓은 모두 하고 다니니 네 죄를 엄하게 다스리리라."

하고 호통치고는 곤장을 이십 대 치고 곡두머리를 잡고 내동댕이치는 것이었다.

* 산문(山門) 절[寺].
* 곡두머리 눈앞에 없는 사람이나 물건의 모습이 있는 것처럼 보이다가 가뭇없이 사라져 버리는 현상을 '곡 두'라고 하므로, 곡두머리는 머리카락이 없는 머리를 뜻한다.

19

시주승을 소재로 한 고전 작품의 세계

일반인과 종교인의 만남, 그리고 이야기의 탄생

《옹고집전》에서 사건의 발단은 시주하러 온 도승을 쫓아낸 것입니다. 심술궂고 인색한 옹고집이 시주하러 다니는 승려를 유독 싫어해 괴롭히고 내쫓은 것이지요. 이처럼 고전 작품 중에는 시주승과 관련된 서사가 많습니다. 그것은 서사의 원천이 되는 무언가, 즉 이야기로 만들어질 흥미소가 많기 때문입니다.

시주는 왜 하는가?

아무런 욕심 없이 부처와 승려, 가난한 사람 들에게 옷이나 음식을 베푸는 것을 재시(財施), 또는 보시(布施)라 하고, 이렇게 보시한 사람을 시주(施主)라고 합니다. 그러나 오늘날에는 시주를 보시와 같은 의미로 사용해 물질을 베풀고 받는 행위 전체를 '시주'라고 표현합니다. 원래 시주는 부처가 살던 초기에 수도승이 마을을 돌아다니며 얻은 음식만을 먹었던 계율에서 시작되었지요. 이것이 널리 퍼지면서 일반인들은 이런 수도승에게 음식을 시주함으로써 복을 받는다고 생각하게 되었습니다. 시주는 깨달음을 얻고자 하는 이들이 할 수 있는 이타 정신의 실천적 행위로까지 인식되었습니다. 그러나 신앙심에 의한 시주는 시간이 흘러 점차 다른 목적으로 변질되기도 했습니다. 사람들이 자신과 가족의 복과 사후 세계를 위해 공덕을 쌓기 위한 방편으로 시주를 하는가 하면, 수도승 중에는 불순한 목적에서 시주를 핑계 삼아 사회 기강을 흔드는 잘못을 저지르는 사람이 있어 지탄의 대상이 되기도 했습니다. 경건한 종교 활동으로서의 의미를 벗어난 '불순한 시주'는 고전 작품 속에서 양심과 도덕의식이 결여된 행동의 한 예로 심심찮게 등장합니다. 비판과 해학, 풍자를 위주로 하는 작품일수록 시주를 매개로 일반인과 승려 사이에서 벌어질 수 있는 다양한 갈등과 긴장 관계를 설정하기가 쉽습니다. 불교 자체에 대한 불신이나 부정적 시각이 강한 시대 또는 사회일수록 시주 자체가 서사 차원에서 흥미를 불러일으키는 소재가 되기 쉬웠습니다. 승려와 일반 시주자의 만남 그 자체만으로도 흥미로운 상상을 불러일으킬 수 있었던 것이지요.

'시주'가 사건 전개에 중요한 역할을 하는 고전 작품

설화 〈장자못 전설〉

어느 인색한 장자('장자'는 큰 부자를 일컫는 말이다.)가 시주를 청하는 승려에게 쌀 대신 쇠똥을 승려의 바랑에 잔뜩 넣어 주었습니다. 이 광경을 지켜보던 장자의 며느리는 시아버지의 심술을 부끄럽게 여기고 승려에게 몰래 시주를 했지요. 그러자 승려는 며느리에게 곧 큰비가 내릴 것이니 뒤를 돌아보지 말고 산으로 피하라고 알려 줍니다. 이에 며느리는 아이를 업고 집을 떠나 산을 오르는데, 뒤에서 천지가 진동하는 소리가 들리자 그만 뒤를 돌아보고 말았습니다. 그러자 떠나온 집은 온 데 간 데 없고 그 자리에는 커다란 연못이 생겨났습니다. 그리고 돌아본 며느리와 아이는 돌로 변하고 말았지요. 이 설화에서 장자의 집이 연못으로 바뀌게 된 근본적인 이유는 바로 장자의 욕심과 인색함 때문이었습니다. 즉 성(聖)과 선(善)의 상징이라 할 시주승을 내쫓거나 부정하고. 도리어 자신의 욕심과 궤변으로 일관한 부자의 안하무인격 행동이 문제가 된 것이지요. 이에 반해 며느리는 시주승으로 대변되는 초월적 질서와 부자로 상징되는 본능적 욕망 사이에서 갈등하는 인간의 모습을 대표합니다.

소설 《심청전》

효녀 심청이 인당수에 빠져 죽게 된 것은 아버지 심 봉사가 자신의 눈을 뜨기 위해 공양 미 삼백 석을 시주하겠노라고 약속했기 때문입니다. 시주의 실천은 믿음 유무에 달려 있 지요. 심청은 부처님께 한 약속은 어길 수 없다고 믿었고, 또 그렇게 시주를 하면 아버지 가 실제로 눈을 뜨게 될 것이라 믿었기 때문에 그런 극단적인 선택을 하게 된 것입니다. 심청에게 시주란 일종의 제사요, 자신은 제사 때 바치는 제물이었을 것입니다. 심청에게 시주의 불이행은 신의 노여움을 사고 더 큰 불행의 시작을 뜻했을 것입니다. 그녀가 너 무나 순진하고 효심이 깊었기 때문이지요. 시주에 대한 심청의 믿음은, 하늘마저 감동해 연꽃을 타고 다시 육지에 올라와 왕후가 되고 아버지와 재회할뿐더러 아버지의 눈도 뜨 게 되는 계기가 되는 사건의 시작점이라는 점에서 그 뜻이 큽니다.

서사무가 《당금애기》

아들 아홉을 둔 가정에서 딸을 달라는 치성을 드리고 당금애기라는 딸을 낳았습니다. 당금애기가 처녀가 된 어느 날, 온 가족이 모두 볼일을 보러 나가고 당금애기만 집에 남아 있었습니다. 그때 서역에서 불도를 닦은 스님이 찾아와 시주를 청하는데, 구멍 뚫린 바랑 때문에 쌀이 자꾸 바닥에 떨어져 이를 줍다가 날이 어두워져 스님이 하룻밤 머물고 가게 되지요. 그 뒤로 당금애기가 잉태를 하게 되었는데, 집에 돌아온 가족들은 당금애기가 스님의 씨를 잉태한 사실을 알고는 집에서 내쫓았습니다. 동굴에서 지내던 당금애기는 열 달 뒤 세쌍둥이 아들을 출산했다. 아들들이 일곱 살이 되어 자신의 부친이 누군지 알기 원하자, 당금애기는 세 아들과 함께 스님을 찾아 서천국으로 갔고, 스님은 자신의 아들임을 확인하는 시험을 거친 뒤 아들들에게 신직을 부여합니다. 아들 삼 형제는 제석신이 되고, 당금애기는 출산과 잉태를 관장하는 삼신이 되지요. 이런 내용의 서사무가 《당금애기》는 흔히 '삼신할미'로 불리는, 출산을 관장하는 신의 내력을 밝힌 작품입니다. 여기서 제석신이 되는 세 아들을 낳게 되는 이유가 시주승과의 접촉 때문이라는 점이 흥미롭습니다. 기독교에서 예수를 낳은 동정녀 마리아의 잉태와도 흡사하지요. 이처럼 시주는 고전 문학 작품에서 사건의 전개에 촉매제 구실을 하는 경우가 적지 않습니다. 이는 일반인(속세인)과 종교인(승려)이 만나는 자연스런 기회이자 통로가 되는 만큼, 이를 매개로 여러 흥미로운 서사가 만들어질 수 있기 때문입니다.

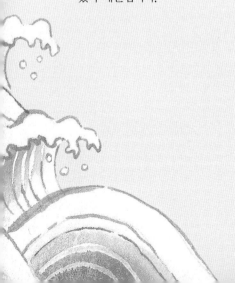

도승, 가짜 옹 생원을 만들다

도승이 어이없어 여러 날 고생하여 다시 절로 돌아왔다. 상좌가 나와 맞으며 극진히 두 손을 모아 절을 했다.

"먼 길을 평안히 다녀오셨습니까?"

"경상도 옹 생원 집에 가 시주를 청했다가 곤장 이십 대를 맞고 심한 욕을 당하고 왔다. 내 술법으로 옹 생원을 어찌 제어하지 못하겠는가마는 도인은 인간의 용렬한 일을 하지 않는 법이다. 이에 참고 또 참다가 돌아왔다만 그놈을 그냥 두면 불도를 헛되이 여길 뿐 아니라 도승도 범승이 될 것이며, 더욱이 그놈이 방자히 행동하여 더욱 포악해질 것이다."

상좌가 아뢰기를,

"그러면 어쩔 수 없이 우리 부처님께 빌어 제 몸이 해동청 보라매로 변하여 푸른 하늘에 높이 솟아 화살같이 날아가 스승님 몰라보는 옹 생원의 두 눈을 쏙쏙 뽑아 당한 수모를 씻으심이 어떠신지요?"

하니,

"아서라, 그럴 수 없다. 옹 생원이 집 뒷동산에 그물을 쳐 놓은 까닭에 나는 매가 되어 내려갔다가는 새그물에 걸려 반드시 죽을 것이다."

했다.

"그러면 천년 묵은 구미호가 되어 앞발은 머리에 얹고 뒷발로 걷는 미인이 되어 고운 태도로 붉은 입술과 흰 이를 반쯤 벌리고 가만가만 들어가서 옹고집을 홀려 사람 없는 깊은 산골에서 굶어 죽게 하면 어떻겠습니까?"

"아서라, 그럴 수 없다. 옹 생원 집에 개가 있는데, 눈은 넷이요 청삽사리 고리눈을 가진 반동경이 개가 왈칵 뛰어 달려들어 그 몸을 덥석 물어 네 몸을 죽이면 잘 드는 칼로 가죽을 벗겨 여우 가죽옷을 지어 입을 것인데, 이는 옹 생원만 호사시키는 것이 될 것이다. 그럴 수 없다."

"그러면 금강산의 사나운 호랑이가 되어 어둑어둑한 밤 삼경 무렵, 모진 바람을 입에서 내며 담을 뛰어넘어 옹 생원을 산 채로 덥석 물어다가 끝없이 고통을 당하게 하면 어떻겠습니까?"

• **상좌**(上佐) 중들의 심부름을 하는 어린 중.
• **반동경이** 절반은 동경이인 개. '동경이'는 한국의 토종개로, 꼬리가 짧은 것이 특징이다. 예전에 '동경'으로 불리던 경주 지역에 많이 있었기 때문에 '경주개'라고도 한다.
• **삼경**(三更) 가장 깊은 밤에 해당하는 시각. 밤 11시부터 새벽 1시까지를 뜻한다.

"아서라, 그것도 안 된다. 옹 생원이 자는 방에 화약까지 재어 놓은 일본 조총을 세워 놓았다. 그 총에 허리 갈비를 '퉁탕' 맞아 속절없이 죽으면 그 가죽을 벗겨 내어 일등 호랑이 가죽 안장 위 돋움 방석으로 쓰면서 방귀나 '퉁퉁' 뀌며 제 몸만 한가하게 할 것이니, 그렇게 할 수 없다. 이것저것 다 말고 내 생각대로 하리라."

그러고는 도승이 부드러운 찰벗집 한 통을 가져다가 허수아비를 만드는데 이목구비가 영락없는 옹 생원이었다. 돼지머리에 뚝이마, 호박골에 두부살, 고리눈에 떡메코, 주걱턱에 차미쪽입, 동고리 가슴에 곰의 등, 수중다리에 마당발, 원숭이 팔에 훔치미손으로 만드니 그 모습이 옹 생원과 똑같았다. 도승이 도술로 혼백을 붙이고는,

"옹 생원 집에 가서 진짜 옹 생원처럼 행동하고 무수히 속이라."
하고 주문하여 보냈다. 가짜 옹 생원을 보니 의복과 말소리, 행동거지
와 호령하는 소리가 진짜 옹 생원과 똑같았다.

- 두부살 피부가 두부처럼 희고 물렁한 살.
- 떡메코 인절미 등 떡을 만들 때 치는 떡메처럼 생긴 코.
- 동고리 가는 고리버들을 촘촘히 엮어 그릇의 형태를 만든 다음 주변에 넓은 나무판을 안팎으로 대고 위짝
  을 아래짝 깊숙이 덮어씌워 만든 수납용품. 옷감이나 책을 넣어 두기도 하고 혼사나 제사 같은 큰일에 떡을
  담는 그릇으로도 썼다.
- 수중다리 병으로 인해 부기(浮氣)가 생겨 퉁퉁 부은 다리.

누가 진짜 옹 생원이더냐?

이 길 저 길 두루 걸어 영남으로 내려가 맹랑촌 똥골 사는 옹 생원 집에 들어가니 마침 진짜 옹 생원은 동네에 잠깐 나가고 집에 없었다. 가짜 옹 생원이 가만가만 집 안 중문을 지나 사랑채 안으로 들어갔다. 큰 기침을 하며 영창과 살창을 다 열어젖히고 앉아 있는 모습은 영락없이 진짜 옹 생원이었다. 그러니 누가 진짜 옹 생원과 가까 옹 생원을 구별할 수 있겠는가?

가족들을 불러 집안일을 시키는데,

"맏아들 용돌아! 글 읽거라. 둘째 아들 쇠돌아! 활 쏘아라. 막내아들 용골아! 집안일을 돕거라. 며느리야! 너는 길쌈하고. 딸아! 너는 누에 쳐라."

하고 종을 불러서는,

28

"좋은 날에는 들에 나가 바깥일하고 궂은 날에는 짚신 삼고 새끼 꼬아 섬도 치고 멍석도 만들어라."

하고 명하는 것이었다. 재물이 많으면 일도 많은 법. 이렇듯 이것저것 집안일을 시키고 있자니 진짜 옹 생원이 집에 들어왔다. 사뿐사뿐 뒤뚱뒤뚱 내외 중문에 들어서니 이를 본 가짜 옹 생원이 꾸짖으며 소리치기를,

"저 어떤 미친놈이 사대부 대문 안으로 기별도 없이 들어오느냐? 저놈을 빨리 잡아내거라."

하고 명을 내리는 게 아닌가? 진짜 옹 생원이 어이가 없어 가짜 옹 생원 앞에 가 앉으며,

"그대는 어디 살며 이름은 무엇인가?"

하고 물으니 가짜 옹 생원이 호통을 치며 이르기를,

"네 이놈. 너는 귀신이냐 사람이냐? 내가 이 집 주인인데, 어디서 웬 미친놈이 와서 옹가라고 주인 행세를 하려 하니 기가 막혀 말이 안 나온다."

하며 덤덤히 바라보는 것이었다. 진짜 옹 생원이 답답한 나머지 가슴을 '땅땅' 치다가 이윽고 정신을 차려 말하기를,

"내가 이 집 주인 옹가인데, 누가 너더러 옹가라고 하더냐?"

하고는 다시 정신을 가다듬으며 물었다.

● **영창(映窓)** 햇볕이 들어오도록 방과 마루 사이에 낸 미닫이창.
● **살창** 가느다란 나무로 살을 대어 만든 창.

"그러면 어느 해, 어느 달, 어느 날, 몇 시에 태어났느냐?"

이에 가짜 옹 생원이 대답하기를,

"용전생, 용전달, 용전날, 용전시에 태어났다."

한다. 진짜 옹 생원이 답답하여 자기 가슴을 치며,

"나도 그러하다."

하고는,

"우리 둘이 나이도 성도 모두 같으니, 그쪽이 손님이 되고 내가 주인
이 되어 손님과 주인의 예를 갖추면 되겠다."

하니 가짜 옹 생원이 두 팔뚝을 내보이면서 불호령을 내리기를,

"아니, 이 무슨 괴변이란 말이냐. 집안의 난리로다. 네놈이 어떤 놈이기에 방자하게 주인과 손님 놀이를 하자 하느냐? 괴이하고 우습다. 게 아무도 없느냐? 당장 저놈을 끌어내어 쫓아 버려라."

한다.

진짜 옹 생원이 기가 막혀,

"이것이 꿈인가 생시인가? 저 어떤 미친놈이기에 저리 행동하는가? 차라리 종놈이 나를 찾아와 돈이든 곡식이든 애걸하여 간청하면 혹 얻어 가기 쉬울 텐데, 어찌 이렇듯 당돌한 흉계를 꾸며 영남 제일의 부자인 내 세간을 모두 탈취하고 밝은 대낮에 큰길가에 많은 사람이 지켜보는 데서 이 같은 행동을 하다니, 이런 법이 어디 있단 말인가?"

하며 노발대발 소리친다. 그리고 종에게 하는 말이,

"이놈들아, 상전을 몰라보고 저 미친놈을 주인으로 알다니, 내 가슴에 열불이 나 죽겠다. 어서 바삐 저놈을 쫓아 버려라."

호통을 치고 가슴을 '탕탕' 치며 왈칵 가짜 옹 생원에게 달려들어

몸싸움을 벌인다. 이를 지켜보는 사람들은 누가 진짜고 가짜인지 도대체 분간할 수가 없었다. 마침내 소식을 들은 친구들과 일가친척까지 다 모였다.

"두 옹 생원이 계속 싸우는데, 이제 아무 말도 마시오. 공연히 큰일이 나겠소."

하며 말리자 두 옹 생원이 서로 욕하며 분을 이기지 못하는 것이었다. 옹 생원의 아내도 이 소식을 듣고 가슴을 땅땅 치며 목을 놓아 대성통곡하며 하는 말이,

"애고애고, 이런 답답한 일이 일어나다니. 누가 진짜고 누가 가짜란 말인가? 어른 종, 아이 종아, 어서 바삐 나가 보아라."

하고 지시하니 종들이 나가 의복이며 말소리, 행동거지, 걸음걸이를 하나씩 이리저리 살펴보았다. 그러나 자신들이 모시던 진짜 주인이 누구인지 알 수 없었다. 입만 쩍쩍 다시며 팔짱을 끼고 안으로 들어가 주인마님께 아뢰기를,

"이번 일은 참으로 맹랑하고 고약합니다. 도저히 분간을 할 수 없으니 두 옹 생원을 상전으로 두고, 서서히 진짜와 가짜를 알아내심이 마땅할 것 같습니다."

한다. 아내가 이 말을 듣고 낙심하여 하는 말이,

"아무리 죽게 되었다 한들 어찌 두 지아비를 섬기겠느냐? 그렇다면 이번에는 첫째 놈, 둘째 놈아! 너희가 나가 네 아비가 누군지 찾아오너라."

한다. 큰아들이 나가 이 옹 생원 한 번 보고, 저 옹 생원 한 번 보고,

기골도 보고 의복과 몸동작을 유심히 살펴보았다. 그러나 보면 볼수록 더욱 같게 느껴지는 것이었다. 슬피 울며 안으로 들어와 모친에게 아뢰기를,

"애고애고, 답답하고 서럽습니다. 아무리 보아도 구별을 할 수 없습니다. 어머니, 이 일을 어쩌면 좋단 말입니까?"

하니 이번에는 며느리와 딸에게 이르기를,

"애야, 며느리야. 내 딸들아, 너희가 빨리 나가 확인해 보거라."

한다. 이에 모두 일시에 나가서 살펴보았다. 그러나 이 옹도 저 옹이고, 저 옹도 이 옹일 뿐이었다. 다시 안으로 들어와 애통하여 울며 하는 말이,

"두 사람을 다 두십시오."

한다. 그러자 옹 생원의 아내가 울며 하는 말이,

"첫째야. 내 말 잘 듣거라. 네가 나가 아비를 잘 살피되, 네 아비 오른쪽 버선에 검은 먹 한 점이 분명히 있을 것이니, 그것을 보고 진짜 네 아비를 찾도록 하거라."

하는 것이었다. 큰아들이 기대를 하며 나가 살펴보았지만, 똑같이 두 옹 생원의 버선에 먹 한 점이 있었다. 헐떡헐떡 들어와 울기만 하니 이번에는,

"너희가 나가서 아비를 불러 먼저 대답하는 자가 네 아비다."

하고 알려 주었다. 그러나 자식이 아비를 부르자 두 옹 생원이 동시에 대답하는 게 아닌가? 졸지에 두 아비를 둔 자식이 된 아들들이 안으로 들어와 말하기를,

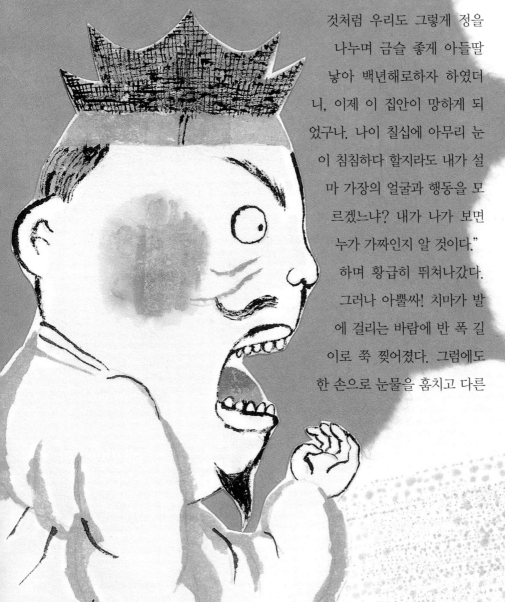

"이전에 한 분이던 아버지가 오늘은 두 분이 되었으니, 내일은 백 명이 되면 어찌합니까? 어머니야말로 아버지를 알아보실 것이니 빨리 나가 보소서."

한다. 부인이 울며불며 하는 말이,

"복희씨 시절 마냥 예의를 갖춰 연분을 맺고, 주나라 문왕이 그랬던 것처럼 우리도 그렇게 정을 나누며 금슬 좋게 아들딸 낳아 백년해로하자 하였더니, 이제 이 집안이 망하게 되었구나. 나이 칠십에 아무리 눈이 침침하다 할지라도 내가 설마 가장의 얼굴과 행동을 모르겠느냐? 내가 나가 보면 누가 가짜인지 알 것이다."

하며 황급히 뛰쳐나갔다. 그러나 아뿔싸! 치마가 발에 걸리는 바람에 반 폭 길이로 쭉 찢어졌다. 그럼에도 한 손으로 눈물을 훔치고 다른 한 손으로 치마를 움켜잡고는 다시 헐레벌떡 뛰어나갔다. 싸우는 두 옹 생원을 이리 기웃 저리 기웃하며 사방으로 살펴보노라니 가짜 옹 생원이 왈칵 달려들어 부인에게 입맞춤을 하는 게 아닌가? 진짜 옹

* **복희씨(伏羲氏)** 중국 고대의 전설적인 왕들인 삼황오제(三皇五帝) 중 한 사람. 그러나 진짜 옹 생원과 부인이 연분을 맺게 된 사실을 언급하는 맥락을 고려한다면, 복희씨보다는 결혼 규범과 남녀 간 올바른 행실을 규정했다고 알려진, 복희씨의 아내 여와(女媧)가 더 적합하다.
* **문왕(文王)** 중국의 은나라를 무너뜨리고 주나라를 세운 무왕(武王)의 아버지로, 실제 왕위에 오른 적은 없다. 덕행이 뛰어나 사람들로부터 존숭을 받았던 인물로, 주나라를 위해 일할 인재를 널리 찾다가 강태공을 만나 재상으로 삼고, 주나라를 부강하게 만들었다. 《주역》의 저자이며, 모친이 현모양처의 모본이 되는 태임(太任)이다.

생원이 보고 더욱 분함을 이기지 못해 말하기를,

"어따, 이년아. 늙은 년이 가짜 놈을 몰라보고 다른 서방과 입을 맞추느냐?"

하고 소리친다.

"애고애고, 답답하고 서럽구나. 답답해 나 죽겠다. 두 놈이 집에 들어오면 집안 꼴이 어찌 된단 말인가?"

하고는 종을 불러 분부하기를,

"바깥대문과 안대문 모두 다 닫아라. 그놈들이 들어오면 내가 어찌 견디겠느냐? 어서 빨리 닫아라."

하고 소리쳤다.

진짜 옹 생원이 이 말을 듣고 와락 달려들어 가짜 옹 생원의 다리를 번쩍 들고 서로 상투를 감싸 쥔 채,

"애고, 이놈이 날 죽인다."

하며 와당퉁탕 싸우다가 진짜 옹 생원이 가짜 옹 생원을 안고 자빠졌다. 그러나 가짜 옹 생원이 먼저 일어나 부채를 펴서는 활활 부치며 호통을 쳤겠다.

진짜 옹 생원이 울며 하는 말이,

"애고, 답답하고 서러워라. 이것이 꿈인가 생시인가? 비나이다, 비나이다. 하느님께 비나이다. 영남 최고의 부자 세간을 어떤 놈이 모두 탈취하려 하니, 어쩌면 좋습니까?

천지만물이 다 아는데, 진짜와 가짜를 구분하지 못하다니 답답하고 서러워라. 야속한 내 팔자야. 처자는 문 닫고 말도 아니하고, 친구들

은 하나같이 말리지도 않는구나. 어머니, 날 잡아가시오."
하며 한참을 운다.

누가 진짜고 누가 가짜더냐?

《옹고집전》처럼 진짜와 가짜가 함께 등장해 서로 진짜임을 다투는 이야기는
동서고금에 걸쳐 두루 나타납니다. 이런 내용이 그만큼 인기가 많았던 것이기도 하고,
그만큼 민중의 의식이 듬뿍 담겨 있음을 짐작할 수 있습니다. 가짜·진짜 구별 논쟁은
동서고금을 막론해 사람들이 공통적으로 마주쳤던 갈등의 한 종류일 것입니다. 이 중
《옹고집전》과 유사한 작품 몇 가지를 만나 봅시다.

고려의 옹고집, 〈김·경 쟁주 설화〉

고려 시대에 경씨라는 한 부자가 있었는데, 시주하러 다니던 걸승에게 똥을 가득 퍼 주
었습니다. 걸승은 경씨의 이웃에 살던 김대운이란 이의 집에 가서도 구걸했는데, 경씨
와 달리 김씨는 밥을 새로 짓고 반찬을 장만해 걸승을 극진히 대접했지요. 걸승은 김씨
에게 볏짚을 조금 달라 하더니 날이 저물어 떠났습니다. 걸승이 머물던 방
에는 볏짚으로 만든 한 노인이 있었고, 그가 은 백 냥을 김씨에게 주어 김
씨는 큰 부자가 되었습니다. 이 소식을 들은 경씨는 걸승이 다시 찾아오
기를 기다렸다가 걸승을 만나 부자가 되게 해 달라고 하자, 걸승은 이번에
도 볏짚을 달라고 했지요. 경씨가 방에 들어가자 볏짚으로 만든 어떤 사람
이 나와 자신이 진짜 경씨라고 우겼습니다. 가짜 경씨는 진짜 경씨를 내
쫓고 주변의 어려운 사람들에게 재물을 모두 나누어 주었습니다. 진짜
경씨는 관가에 고발해 송사를 벌였지만, 오히려 가짜
경씨가 이기고 진짜 경씨는 쫓겨나게 되었지요. 이때
걸승이 다시 나타나 지팡이로 가짜 경씨를 툭 치자 볏짚 묶음
이 땅에 쓰러졌고, 걸승은 그 길로 홀연히 떠났다고 합니다.

> 내가 진짜 경씨라고!

인도 불전 설화 〈일리샤 장로 본생담〉

일리샤 장자는 인색한 사람이어서 어떤 보시도 하지 않았습니다. 그
러자 제석천왕(帝釋天王)이 된 그의 아버지가 아들의 인색한 성격을 고치기 위해 아
들의 모습으로 변신해 인간 세상으로 내려왔습니다. 가짜 아들은 왕을 찾아가 보시하
겠다는 허락을 받은 뒤, 집으로 가서 창고를 열고 가난한 사람들에게 재물을 나누어 주

었습니다. 이 사실을 뒤늦게 안 진짜 일리샤는 가짜 일리샤를 막으려 했지만, 가족들이 오히려 그를 때리며 막았지요. 진짜 일리샤는 왕을 찾아가 항의했지만, 왕은 일리샤 자신의 요청이 아니었냐며 반문했습니다. 일리샤가 이를 부정하자, 왕이 그의 아내와 이발사 등을 불러 두 일리샤 가운데 진짜 일리샤를 구별하게 하지요. 하지만 아무도 둘을 구별하지 못하자 제석천왕이 왕과 아들에게 자신의 실체를 밝힌 뒤, 아들이 뉘우쳐 보시하는 삶을 살지 않으면 재산을 빼앗고 죽이겠다고 했습니다. 자신의 잘못을 깨달은 일리샤는 그 뒤로 보시와 자선을 베풀다 천상으로 갔다고 합니다.

야담집 《파수록》의 〈진허가허〉

18세기 작품인 〈진허가허(眞許假許)〉 역시 《옹고집전》과 내용이 비슷합니다. 이 이야기는 원래 민담에서 야담으로 정착한 것으로, 야담집 《파수록》에 실려 있습니다. 이 이야기는 도승을 구박하는 모티프와 진짜와 가짜를 가리는 모티프를 모두 갖추고 있어 내용, 형식, 그리고 출현 시기를 고려할 때 《옹고집전》과 가장 가까운 형태의 작품이라 할 수 있지요. 야담집은 주로 지식인들이 읽던 것이었기 때문에 이것이 곧바로 판소리 〈옹고집 타령〉으로 바뀌었을 리는 없고, 시간을 두고 여러 측면에서 보완, 개작되는 과정을 통해 지금의 사설로 정착되었을 것으로 보입니다.

위 세 가지 설화만 보더라도 《옹고집전》의 기본 서사와 비슷한 점이 많음을 알 수 있습니다. 이처럼 가짜와 진짜를 분별하는 내용의 '옹고집 서사'는 동서고금을 막론하고 보편적으로 전승되어 온 설화를 바탕으로 지어졌습니다.

이에 가짜 옹 생원이 허허 웃으며 하는 말이,

"너도 이 집 주인이라 하고 나도 이 집 주인이라 하여 흑백을 분별하기 어려운데, 마침 고을 원님이 명관이라 하니 공정하게 재판을 받아 결판을 내자."

하는 것이었다. 진짜 옹 생원도 그렇게 하자며 원통한 사정을 적은 글을 손에 쥐고 관가에 들어가 소장을 올렸다.

본 백성은 본래 맹랑촌에 사는 옹 생원이라 합니다. 제가 이렇게 소장을 올리는 이유는 며칠 전 갑자기 모르는 어떤 사람이 안마당에 들어와 용모와 목소리, 이름까지 같다는 이유로 자기가 옹 생원이라 주장하며 집주인 행세를 하며 세간을 탈취하려 하니, 이런 흉악한 놈이 어디 있습니까? 원통하게 누명을 쓰게 되어 억울함을 이기지 못하여 감히 원님께 소를 올리게 되었습니다. 바라 건대 원님의 두터운 덕과 현명한 판단으로 이 일을 잘 처리해 주시길 간절히 빕니다. 흉악한 죄를 엄히 다스리셔서 불쌍한 백성으로 하여금 목숨과 세간을 보존할 수 있도록 도와주시기를 우러러 바라고 또 바라옵니다.

형방이 이를 원님에게 보고하니 원님도 소장을 읽어 보고는,
"이도 옹가요 저도 옹가라 하고, 저놈을 보고 이놈을 본다 한들 헷 갈려 알 길이 없겠도다."
하는 것이었다. 이때 가짜 옹 생원이 또 소장을 올렸다.

삼가 글월을 올립니다. 고금천지에 성명과 생년생시가 같아 비록 분간이 어렵 다지만, 저는 맹랑촌에서 여러 대에 걸쳐 살았고 저 옹가는 근본이 없는 사람 인데 얼마나 억울하지 않겠습니까? 엎드려 바라건대 제 원통한 사정을 분간 하여 주시고 저놈을 한층 더 엄할 형벌로 다스려 제 분한 마음을 풀어 주시기 바랍니다.

형방이 소장을 원님에게 다 고하자 가짜 옹 생원이 말하기를,
"제 소장에도 밝혔거니와 이 일이 얼마나 답답하고 애달픈 일인지 잘 아실 터이니 부디 사실을 밝혀 주십시오."
한다. 원님이 분부하되,

* 소장(訴狀) 소송을 제기하기 위해 제일심 법원에 제출하는 서류.

"자세히 조사할 방법이 없다. 너희는 각자 집으로 돌아가라."

하고,

"다시는 이러한 일이 있다면 각별히 엄하게 다스릴 것이다."

하니 진짜 옹 생원이 이 말을 듣고 말하기를,

"빌고 또 빕니다. 원님이야말로 백성의 부모요 하늘이 아니십니까?

분명하게 처리하여 주시기 바랍니다."

하고 호소하는 것이었다. 원님이 이르기를,

"너희 마음과 모양을 보니 옥석을 참으로 분간하기 어렵다. 그렇다면 좋은 방법이 있다. 너희 집 세간이 무엇이 있는지 각각 말해 보거라."

한다. 이에 먼저 가짜 옹 생원이 동헌 마당에서 조심스레 몸을 낮추며 아뢰기를,

"세상에서 가장 좋은 일등 논은 일백여든다섯 섬지기요 온갖 납세를 마련하면 백여든세 석이며 일등 밭이 삼백서른두 말이요 납세는 삼백서른두 김입니다. 일 년 추수하여 곡식을 한곳에 쌓으면 오천여 석이 됩니다. 날 일(日) 자 모양의 창고에 벼 여든다섯 섬 다섯 말과 찰벼 일흔두 섬 아홉 말은 곳간 열쇠로 잠가 두고, 달 월(月) 자 창고에는 중간급의 논에서 들여온 벼 삼백쉰다섯 섬 다섯 말과 찰벼 오백서른다섯 섬을 일본 자물쇠로 잠가 두고, 집 우(宇) 자 창고에는 멥쌀 백 석과 찹쌀 백 석 합해 이백 석을 도리쇠로 채워 두고, 집 주(宙) 자 창고에는 메밀 백 석, 수수 백 석을 타래쇠로 잠가 두고, 별 진(辰) 자 창고에는 차조 쉰다섯 섬 다섯 말과 메주 쉰다섯 섬 다섯 말 석 되를 원앙쇠로 잠가 두고, 잘 숙(宿) 자 창고에는 콩 여든다섯 섬 다섯 말 석 되와 팥 일흔다섯 섬 다섯 말을 동편에다 쌓아 두고, 녹두 마흔네 말 다섯 되와 기장 여든세 섬 일곱 말 다섯 되를 서편으로 쌓아 두고 붕어자물쇠로 채워 둡니다.

그리고 노복을 헤아리면 삼천 여 명인데 어른 종과 늙은 종을 다 헤아려 삼천 명이요 들어왔다 나갔다 하는 종은 아홉 명입니다. 서른두 살 먹은 년과 열아홉 살 먹은 종이 지난해 정월 초다음날 도망쳤고, 사내 막남이는 술만 먹고 주정이 심한 까닭에 저 건너 박 좌수 집에

일곱 냥 받고 팔아 버렸고, 우선 다섯 냥 보태어 소 한 필 샀다가 비부 놈 주어 먹이게 하였습니다.

종으로부터 공납 받은 것을 계산하면 삼백다섯 냥 끊어내어 큰자식이 차지했고, 방 안에 놓은 세간을 말하면 용장, 봉장, 궤, 뒤주, 자개 함농에다 갖농, 목롱 다섯 머리에, 순금 장식의 각계수리, 계수나무로 만든 옷걸이와 꿩의 꽁지깃으로 만든 사랑비와 상어 껍질로 만든 작은 그릇, 물소 가죽으로 만든 큰 그릇, 오색용목 쾌상안에 용지연, 자줏빛 이불, 비단 이불, 담요 다섯 황포 돗자리가 벌려 있고, 황소 세 필, 암소 세 필, 적토마, 자류마, 사족발이 합해 열 마리며 황구와 백구가 열 마리고, 황계와 백계가 백여 수 됩니다."

하며 줄줄이 열거하니 원님이 분부하기를,

"너는 세간을 자세히 잘 아는구나. 그렇다면 이번에는 저 옹가가 말해 보거라."

<hr>

● **섬지기** 논밭 넓이의 단위로, 한 섬지기는 볍씨 한 섬의 씨앗을 모두 심을 만한 넓이를 말한다. 논은 약 2천 평, 밭은 약 1천 평에 해당한다. 한 마지기는 한 말의 씨앗을 뿌릴 만한 넓이를 나타내는 단위로, 보통 논은 2백 평, 밭은 3백 평에 해당한다.

● **말** 한 말은 한 되의 열 배로 약 18리터. 말은 두(斗)라고도 한다.

● **섬** 부피의 단위로 곡식이나 가루, 액체 등의 부피를 잴 때 쓴다. 한 섬은 한 말의 열 배로, 약 180리터에 해당한다. '석(石)'과 같은 단위다.

● **되** 한 되는 한 홉의 열 배로, 약 1.8리터.

● **비부(婢夫)** 계집종의 남편.

● **갖농** 가죽으로 만든 장롱.

● **각계수리** 화장용품을 넣어 두는 거울 달린 함.

● **쾌상안(快箱案)** 문방용품을 넣어 두는 세간. 네모반듯한 모양으로 위 뚜껑을 좌우 두 짝으로 달고, 서랍이 하나 있으며, 밑이 비어 있는 형태의 작은 책상.

한다. 가짜 옹 생원이 곁에 섰다가 급히 재촉하니, 진짜 옹 생원이 기가 막혀 집 세간을 대강도 알 길이 없어 묵묵히 서 있을 뿐이었다. 그러자 좌우의 나졸들이,

"어서 빨리 대답하라."

하고 재촉하니 경황이 없이 가산을 외워 보는데, 밑도 끝도 없이,

"문전옥답은 굉장히 많고, 올벼를 심은 논 다섯 마지기와 개똥밭 열 마지기가 있으며, 집안 세간은 여편네가 알지 저는 알지 못합니다."

한다. 이번에는 원님이 묻기를,

"그럼, 네 사 대 선조를 말해 보거라."

하니 진짜 옹 생원이 엉겁결에 대답한다.

"종조와 고조는 모르겠고, 할아버지도 모르겠고, 부모는 더욱 모릅니다."

원님이 말하기를,

"네 이놈, 네 조상 어른과 부모조차 모르다니 진실로 네가 상놈이로다."

하니 가짜 옹 생원이 아뢰기를,

"저 미친놈이 어찌 제 사 대 조상을 알겠습니까? 제가 아뢰겠습니다. 저의 고조는 용송이며, 종조는 망송, 할아버지는 승송이고, 외할아버지는 송송이며 장인은 상송입니다."

한다. 원님이 말하기를,

"용송, 망송, 승송, 송송, 상송 하니 너는 진짜 옹가요 저놈이 바로 가짜 옹가로다. 가짜 옹가를 붙들어 매라."

하고 명을 내리니 좌우의 나졸들이 달려들어 옹가의 고도 상투를 연줄

감듯 홰홰 칭칭 감아쥐고 끄집어내어 동댕이친다. 원님이 이르기를,

"별매로 매우 쳐라."

하니 팔척장신의 사령이 팔을 엇매고 달려들어 곤장을 골라잡아 내리치기 시작했다. 곤장 치는 소리는 마치 넓은 골에 벼락이 치고 좁은 골에 번개가 치는 듯했다. 진짜 옹 생원이 놀라 울며,

"애고, 이것은 송사가 아니라 도리어 악사로구나."

하고 소리를 질렀다.

한 대 치고 말까, 두 대 치고 끝날까, 셋을 치고 그만둘까 싶더니 어

느새 사오십 대의 곤장을 세차게 치니, 진짜 옹 생원의 엉덩이 두 볼기에서 피가 낭자했다.

"애고애고, 비나이다. 하느님께 비나이다. 이내 몸 무슨 죄를 지어 이다지 한심한가?"

가짜 옹 생원이 말하기를,

"저 미친놈이 끝내 아니라고 말하지 않을 것이니 다짐을 꼭 받으십시오."

했겠다. 원님이 그 말이 옳다 여겨 형방에게 명하기를,

"저놈에게 다짐을 받아 두라."

한다. 그 다짐이란,

"네가 개념 없는 사람으로 옹가 집에 출입하니 그 죄는 만 번 죽어도 슬프지 않을 것이나 특별히 놓아주는 것이다. 다시 이와 같은 폐단이 또 있다면 마땅히 엄벌에 처할 것이다. 분부대로 하겠느냐?"

하는 것이었다. 진짜 옹 생원은 어쩔 수 없이 다짐을 할 수밖에 없었다.

한편 가짜 옹 생원은 뜻을 이루고 맹랑촌에 들어가며 하는 말이,

"우리 원님은 과연 훌륭한 판관이로다."

했다.

* 송사(訟事) 백성끼리 분쟁이 있을 때, 관부에 호소해 판결을 구하던 일.
* 악사(惡事) 악한 일.

《옹고집전》의 원님은 무엇을 잘못했나?

《옹고집전》에서는 가짜 옹고집과 진짜 옹고집을 판별하는 마지막 수단으로 고을 원님에게 판결을 의뢰하는 송사 장면이 등장합니다. 고전 문학 작품 중에는 이렇듯 제3자에게 판결을 의뢰해 억울함을 풀고자 하는 이야기가 적지 않습니다. 고소·고발에 따른 재판이 서사 전개에 중심적인 역할을 하는 소설은 '송사(訟事) 소설'이라고 부르는데, 이런 재판 모티프는 동서고금을 막론하고 인간사의 분쟁을 해결하는 지혜로운 방법으로 다뤄져 왔지요. 《성경》에 나오는 '솔로몬의 재판'부터 《장화홍련전》, 《서동지전》 등 여러 소설에서 재판하는 장면이 자주 등장합니다. 그런데 《옹고집전》에 나오는 재판에는 문제가 있습니다. 가짜 옹고집과 진짜 옹고집을 판별하기 위해 원님이 제안한 구별법의 기준이 썩 합리적이지 못하기 때문입니다.

원님의 실수, 하나

원님이 송사를 해결하기 위해 판단의 근거로 삼은 것은 집안의 재산과 족보를 아느냐였습니다. 진짜 주인이라면 당연히 잘 알 것이라는 전제 하에서 집안 사정에 관한 지식 여부를 판단의 근거로 삼고 있는 것이지요. 이에 진짜 옹고집은 대략적인 집의 규모와 전답, 노비의 수를 말할 뿐, 세세한 것까지 어찌 다 알겠느냐며 답변합니다. 반면에 가짜 옹고집은 청산유수처럼 세간 살림에 대해 조목조목 세세히 언급하지요. 논밭의 규모며 각종 창고에 쌓아 놓은 곡물의 수량, 각종 세간과 가축의 수는 물론 당시 가부장제 사회에서 남자가 알기 어려운 부분까지 정확히 알고 있습니다. 얼핏 보면 자기 집의 재산을 정확히 알고 있는 것이 당연해 보이고, 이를 진위 구별의 잣대로 삼으려는 원님의 상황 판단은 타당해 보입니다. 그러나 사실 이것은 오히려 비현실적입니다. 작은 물건부터 종의 수와 창고에 쌓아 둔 곡식의 종류와 수량까지 달달 외우는 주인이 어디 있겠습니까? 현명한 재판관이라면 오히려 세세히 답변을 하는 가짜 옹고집을 의심하고 추가로 다른 질문을 했을 것입니다.

논은 일백여든다섯 섬, 밭은 삼백서른두 말……, 황소는 세 필 황구와 백구는 열 마리…… 등등이 있습지요.

쟤가가 진짜로구인!

너희 집 세간이 무엇무엇이 있는지 말해 보거라.

쩌아가, 진짜로구언!

원님의 실수, 둘

집안 족보를 제대로 아는가 여부를 기준으로 삼는 것도 문제가 될 법합니다. 사실 4대 조상부터 부모 대까지 성함을 정확히 아는 일은 가문에 관심을 가진 이라면 충분히 답할 수 있는 것입니다. 그런데 진짜 옹고집은 자기 부친과 할아버지 이름조차 모르고 있었기 때문에 가짜로 오해를 살 만한 여지가 충분하지요. 그러나 사실 부모의 이름은 제외하더라도 증조, 고조부, 4대 조부에 이르기까지 그 이름을 평소 줄줄 외우는 이는 많지 않습니다. 여기서 원님은 진짜와 가짜를 구별하는 기준을 소위 암기력에 두고 있습니다. '용송, 망송, 승송, 송송, 상송'이라는 조상의 이름은 언어유희에 기반한 것이지만, 이 말장난 같은 조상 이름을 줄줄 외우는 가짜 옹 생원을 진짜로 판정하는 고을 수령의 재판 기준과 과정은 오늘날 우리에게도 시사하는 바가 적지 않습니다. 조선 사회가 이런 지식의 유무로 인간성과 인격을 판단하는 사회였다는 사실이 오히려 씁쓸한 뒷맛을 자아냅니다.

문전옥답은 굉장히 많고…… 집안 세간은 여편네가 알지…….

제대로 된 판결을 하려면?

공정한 재판을 하려면 적어도 재판관은 단지 소유물이나 지식의 유무만이 아니라 피의자의 성격과 내면 등을 고려하고, 주변 사람들로부터 진짜 옹고집에 관한 정보도 수집해 증언으로 삼았어야 할 것입니다. 경우에 따라서는 재산에 강한 집착을 보이는 진짜 옹고집의 성향을 고려해 옹고집의 재산을 백성들에게 모두 나눠 주었을 때 더 많이 반대하거나 아까워하는 이가 누구인지 살펴보는 등 충격 요법까지 써서라도 그 진위를 가려냈어야 할 것입니다. 그러나 단순한 판결로 진짜와 가짜 옹고집을 가려내고 있다는 점에서 《옹고집전》의 송사와 재판은 현실성에 초점을 맞춘 것이 아니라, 진짜 옹고집이 더욱 궁지에 몰리는 극한 상황을 만들기 위한 과정으로서 마련된 서사 장치임을 알 수 있습니다.

쩌아가, 진짜로구언!

쫓겨난 진짜 옹 생원, 도승을 만나 개과천선하다

진짜 옹 생원이 집 근처를 배회하며 큰 소리로 통곡하며 말하기를,

"쌓아 놓은 천 석 곡식 남에게 뺏기고 남에게 빌어먹게 되었구나. 회음후 한신도 아닌데 어느 여인이 밥을 줄 것이며, 오자서도 아닌데 어느 어부가 나를 건너 줄 것인가? 오늘 밤은 어디서 자고 내일은 또 어디로 갈까? 눈바람은 으스스 쓸쓸하여 추운데 누가 있어 나한테 옷을 주랴? 생각해 보니 숯을 삼켜 벙어리로 변장한 예양이가 거지 행색으로 다닐 때 그 부인은 알아보지 못했어도 친구는 알아보았다고 했으니, 내 친구는 나를 보고 과연 모른 척할까?"

하고는 친구 집을 찾아갔다. 그러나 친구는 이미 소문을 들었던 터라,

"저 미친놈이 여기 왔다."

하면서 막대를 들고 내쫓았다. 진짜 옹 생원이 말하기를,

"자네가 나를 몰라본단 말인가? 나와 자네가 한날한시에 태어난 벗이거늘, 잠시 내가 잘못되었다 한들 이렇게 괄시할 수 있단 말인가?"

- 회음후~것인가? 한신(韓信)은 한나라 고조(高祖) 유방(劉邦)의 부하 장수로, 소하(蕭何), 장량(張良)과 더불어 한나라 창업 3대 공신 중 한 명이다. 회음 지방 출신으로 뒷날 그곳 제후가 되었기 때문에 회음후라고 널리 알려졌다. 한신이 가난해 남의 집에서 밥을 얻어먹다가 쫓겨나 빨래터에 갔을 때 표씨 부인이 밥을 주었다는 일화가 전한다. 사마천의 《사기》〈회음후열전〉 편에 자세한 이야기가 나온다. 오자서(伍子胥)는 중국 초나라 사람으로, 가족이 초나라 평왕에게 살해당하자 오나라로 가 오나라를 도와 초나라를 공격해 원수를 갚았다. 초나라에서 오나라로 도망칠 때 초나라 어부가 많은 현상금이 걸린 오자서인 줄 알면서도 배를 태워 강을 건너도록 도와준 일화가 사마천의 《사기》〈오자서열전〉 편에 실려 전한다.
- 숯을~했으니 중국 진(晉)나라 사람으로, 자신이 섬기던 지백(智伯)의 원수를 갚기 위해 몸에 옻칠을 해 문둥이처럼 보이게 하고 숯을 먹어 벙어리처럼 꾸며 밥을 얻어먹으며 다닌 예양을 친구는 알아봤지만, 정작 아내는 몰라보았다는 이야기에서 '기처불식(其妻不識)'이라는 고사가 만들어졌다.

하니 친구는,

"자기 세간도 모르고, 조상 이름도 몰라 송사에서 패소한 네놈이 가짜가 아니고 뭐냐?"

하면서 뒤통수 한가운데를 잡아 내동댕이치는 것이었다. 옹 생원은 발을 동동 구르며 두 주먹을 불끈 쥐고 가슴을 '탕탕' 치며 소리쳤다.

"애고, 답답하고 서럽구나. 이를 어찌한단 말인가? 천지는 알아도 내 친구는 모르는가? 어머님, 날 잡아가시오."

이렇게 울다가 물에 빠져 죽을 생각으로 물가로 갔다.

그러자 이때 하늘에서 한 소리가 들려오기를,

"똥골 사는 옹가야, 네가 네 죄를 아느냐 모르느냐?"

하는 것이었다. 옹 생원이 대답하기를,

"제가 무슨 잘못을 저질렀는지 모르겠으니 제발 살려 주십시오."

했다. 이에 하늘에서 말하기를,

"네 죄를 알고 싶거든 강원도 개골산 월출암을 찾아가 도승 앞에서 빌거라."

하니 옹고집이 하릴없이 월출암을 찾아갔다. 떨어진 헌 베 창옷에 세 매듭 맨 띠를 띠고, 모자 없는 해진 갓에 볏짚으로 갓끈을 매고, 편자 없는 깨진 망건에 일그러진 아교풀로 관자를 달아 질끈 쓰고, 다 떨어진 홑옷 바지에 노끈으로 대님을 매고, 총만 남은 미투리 신발 새끼줄로 칭칭 감고, 곰방대에 담배 담아 품서품서 피우면서 가느다란 살만 있는 부채 손에 쥐고, 죽장 짚고 개골산으로 찾아간다. 이때 비실비실 걸어가는 모습은 마치 바람 맞은 병신 같았다.

월출암에 들어가니 과연 도승이 있었다. 옹 생원이 문밖에서 넙죽 엎드려 죄를 비니 도승이,

"네 죄를 아느냐?"

하고 묻자,

"정말 모르겠습니다. 제발 살려 주십시오."

한다. 도승이 말하기를,

"내가 인간 세계로 나갔을 때 네가 저지른 죄를 모른단 말이냐?"

하니 옹 생원이 말하기를,

"죄를 많이 지어 죽어도 여한이 없사오니 살려만 주십시오."

한다. 이에 도승이 상좌를 불러 쑥 한 점을 가져오게 하여 주먹만큼 비빈 뒤 옹 생원의 옷을 벗기고 볼기를 삼천 대 때리고 뜸을 뜨니, 옹 생원이 거의 반쯤 죽다시피 되었다. 도승이 보고 충분히 훈계하여 말하기를,

"내가 너를 죽일 수도 있지만, 불도가 어찌 무식한 속세의 사람을 해치겠는가? 이는 다 너를 깨우치기 위함이라. 뜸을 천 번이나 뜨고 어찌 사람이 죽지 않겠느냐?"

한다. 옹 생원이 그제야 정신을 차려 볼기를 만져 보니 다만 따뜻할

• **개골산(皆骨山)** 금강산의 별칭. 계절에 따라 아름다움을 달리하는 금강산은 여러 가지 명칭으로 불리는데, 개골산(겨울), 금강산(봄), 봉래산(여름), 풍악산(가을)이 바로 그러하다. 낙엽이 진 뒤 드러난 바위들이 앙상한 뼈처럼 보이는 겨울 금강산의 아름다움을 칭송해 개골산이라 부른다.

• **창옷** 바지저고리 위에 입던 옷으로, 길이가 길고 소매가 좁은 남자 두루마기의 일종이다. 외출할 때 평민들은 이것을 웃옷으로 입었지만, 사대부들은 이 위에다 중치막을 덧입었다.

• **편자** 망건을 졸라매기 위해 망건의 아랫부분에 붙여 말총으로 짠 띠.

뿐이었다. 도승이 부적 한 장을 써 주며 이르기를,

"이 부적을 가지고 네 집에 가 방 안에 부치고 왼발을 구르면서 주문을 외우면 네 집에 있는 가짜 옹 생원은 방 안에서 거꾸러져 짚이 될 것이다. 너는 집안 세간을 찾아 다시 살되, 괘씸하고 엉큼한 마음일랑 다시는 먹지 말라."

하며 권면했다.

　옹 생원이 백배 사례하고 집으로 돌아와 방 안에 들어가 문을 열고
부적을 던지면서 왼발을 구르고 주문을 외우자, 손님이 가득한 자리
에서 허수아비 하나가 자빠졌다. 모든 손님이 크게 놀란 나머지, 어떤
사람은 기절하고 어떤 사람은 겁에 질려 똥을 싸기까지 했다. 이때 진

짜 옹 생원이 예전처럼 다시 앉아 있으니 사람들이 모두 무안하여 멋쩍어 했다. 아내와 자식, 노복 들도 어찌할 바를 모른 채 얼굴을 가리고 서로 탄식해 마지않았다.

어느덧 세월이 흘러 옹 생원 집도 가난해져 먹을 것도 입을 것도 없게 되었다. 백발이 원수로다. 흐르는 물같이 빨리 지나가는 세월은 잠깐일 뿐, 풀잎의 이슬처럼 덧없는 인생이 죽게 되었으니 슬프고 가련하다. 세상 사람이 자기 분수를 지키고 남에게 몹쓸 짓을 하지 않으면 이런 환난을 면할 수 있다.

더 읽기

《계우사》

《옹고집전》의 주인공, 영남 맹랑촌 사는 진짜 옹고집은 가짜 옹고집으로 말미암아 곤욕을 치른 뒤 우여곡절 끝에 개과천선하고 다시 제자리로 돌아옵니다. 그런데 고전 소설 중에 돈 많고 놀기 좋아하던 위인이 종래에 개과천선한다는 내용의 이야기가 또 있습니다. 바로 《계우사》, 일명 《무숙이 타령》으로 불린 작품이지요. 《계우사》는 돈 쓰고 노는 일에는 둘째가라면 서러울 정도로 방탕한 생활을 즐기는, 마흔 살의 왈짜 무숙이를 건실한 남자로 만들기 위해 스무 살의 기생 의양이가 벌이는 '탕아 길들이기 프로젝트' 이야기입니다. 우리 사회는 아직까지 노는 것을 부도덕한 일로 여기는 통념이 강합니다. 이것이 틀린 것은 아니지만, 자본주의 사회에서 '소비' 또는 '노는 것'은 중요한 삶의 일부입니다. 그렇기에 돈은 어떻게 버느냐보다 어떻게 쓰느냐가 더 중요합니다. 또한 노동과 놀이가 조화를 이루어야 합니다. 이 두 편의 고전 소설은 일상적 삶과 쾌락적 삶을 균형 있게 추구하면서 부를 소비할 수 있는 좋은 방법이 무엇인지 우리에게 알려 주는 소중한 작품입니다. 그렇기 때문에 옹고집 이야기나 무숙이 이야기가 일개 개인의 문제가 아닌, 집단 전체의 문제에 주목하고 있음을 놓쳐서는 안 됩니다. 또한 이 두 편의 소설은 150여 년 전에는 우리 조상들이 웃고 즐기며 향유하던 판소리였으나, 지금은 창이 아닌 소설로 변모해 오늘날 여러분과 소통하고자 하는 작품입니다. 끊임없이 읽을거리로 살아남아 오늘에 이르고 있는 이유를 이 작품들을 읽으며 함께 생각해 보기 바랍니다.

성종이 왕위에 즉위한 해의 일이다. 이때는 백성들의 격양가 부르는 소리가 절로 들려올 만큼 나라가 태평했다. 그러나 이런 시절이라고 오입쟁이 탕자가 없을 리 만무하다. 청루주가마다 흥겨운 잔치 소리 자자하고 시와 술, 노랫가락을 즐기려는 호걸남자들로 넘쳐 난다.

냇가 앞에 꽃과 버들이 활짝 피어나던 시절, 청루 높은 집에 호탕한 왈짜들이 상당수 모였다. 서울 남북촌을 통틀어 왈짜의 우두머리인 김무숙이 있었으니, 이로 말할 것 같으면 고집이 세고 상하 사람에게 체통과 명분을 잘 지키되 선악이 때때로 상반되어 크고 작은 일을 능히 자기 마음대로 주무르던 위인이었다. 문필은 과문육체가 비상하고, 편지글 쓰는 솜씨는 명필가로서 부족함이 없었다. 활쏘기 중에는 멀리 쏘기와 편을 나눠 활을 쏘아 승부를 겨루는 편사에 능했다. 그런가 하면 십팔기에

---

* **격양가(擊壤歌)** 중국 고사에서 유래한 것으로, 땅을 치며 노래한다는 뜻이다. 이것은 요나라 때 태평세월을 누림에 즐거워하며 땅을 치는 모습을 나타낸 것이다.
* **오입쟁이** 남자가 아내가 아닌 다른 여자와 성관계를 갖거나 노는 여자와 관계를 갖는 일을 오입질 또는 외도, 계집질이라고 하는데, 이런 일에 능한 사람을 일컫는다.
* **청루주가(靑樓酒家)** 창기(娼妓)가 술을 파는 집.
* **왈짜** 흔히 도시에서 유흥가를 중심으로 풍류와 주색을 즐기며 세력을 가졌던 '한량'을 일컫는 말. 양반 중에도 왈짜 패거리에 끼여 함께 놀던 이들이 일부 있었지만, 대개는 중인과 평민 중에서 돈 많고 놀기 좋아하는 부류들을 한데 묶어 왈짜라 불렀다. 《계우사》에 다양한 부류의 왈짜들이 소개되어 있다.
* **과문육체(科文六體)** 조선 시대에 문과(文科) 과거 시험을 볼 때 치르던 시(詩), 부(賦), 표(表), 책(策), 의(義), 의(疑)의 여섯 가지 문체(文體).
* **편사(便射)** 편을 나눠 활쏘기 재주를 겨루는 일.
* **십팔기(十八技)** 정조 대에 완성된 병서 《무예도보통지(武藝圖譜通志)》에 그림과 함께 실려 있는 무술의 18가지 종류. 교전(交戰)·권법(拳法)·기창(旗槍)·곤봉(棍棒)·낭선(狼筅)·당파(鐺鈀)·본국검(本國劍)·등패(藤牌)·쌍검(雙劍)·쌍수도(雙手刀)·예도(銳刀)·왜검(倭劍)·월도(月刀)·장창(長槍)·제독검(提督劍)·죽장창(竹長槍)·편곤(鞭棍)·협도(挾刀) 등 총 18가지 무예로 이루어져 있다.

달통하고, 가사 노래 부르는 것도 명창이 따로 없었다. 거문고와 생황과 단소를 연주할 뿐 아니라 오음과 육율의 속까지 알고, 판소리의 속멋까지 잘 알았다. 여자한테 다정했지만 그렇다고 살림까지 잘 아는 것은 아니었다. 노름판에서 우스갯소리 잘하고 잡기도 꽤나 알 법하나 어쩐 일인지 그는 오히려 그것을 천히 여겨 본 체도 아니했다.

비록 주위 사람들에게 인기가 많았지만, 지식은 없었고 마음은 허랑한 이였다. 그럼에도 재주만큼은 뛰어났기에 삼정승과 육조판서 재상들이 그를 사람 만들려고 입신양명할 것을 권하고 타일러 보기까지 했다. 그러나 그럴 때마다 그는 기대와 반대로 행동하기 일쑤였다. 그는 어릴 때부터 친하게 지내던 친구들이 좋은 일을 권하면 싫다고 하고, 옳은 말을 들으면 성부터 내고, 그른 말은 그대로 믿으려 했다.

더욱 가관인 것은 중매를 서는 노파를 보내어 은군자 오입녀를 청하는 것이 일반사였고 아랫대와 우대에 사는 색주가와 밤낮없이 술을 마시며 지내기를 밥먹듯 했다. 그렇기 때문에 기생집 누각을 마치 자기 사랑채인 양 드나들고 기생집을 자기 집처럼 여긴 것은 아무것도 아니었다.

부모를 일찍 여의고 형제가 없어 가정에서 배운 교육도 없고 사람의 도리를 행하는 법을 몰랐으므로 자기 가족을 제대로 돌볼 리 없었다. 자기 처자식은 나 몰라라 하면서도 남을 도와주고 떠받드는 일에는 발 벗고 나섰다가 모두 속고는 헛되이 세월만 보낼 뿐이었다.

그러나 무숙의 아내는 어질 뿐 아니라 여자 중에서도 성현군자라 부를 만했다. 태임·태사의 맑은 덕과 장강의 미모와 반악과 같은 아름다움까지 지녔다. 또한 이비의 정절과 행동을 본받는 것은 물론, 바느질은 나라에서 으뜸이고, 음식 잘하고 세간 살림도 알뜰히 다스리고, 일가 간에 화목하고 친척 간에 의가 있고 노복에게 좋은 말로 훈계하며 어진 마음으로 덕을 닦는 일에 부족함이 없었다.

그런데 이런 어진 아내일지라도 무숙이의 방탕한 마음 때문에 위장이 뒤틀리는 일이 다반사였다. 집에서 무숙이는 능청스럽고 화를 내기 일쑤요 잠시도 집에 있기 싫어했다. 오죽하면 남의 집 밥과 남의 집 베개를 자기 집 것인 양 알고 지냈으리오? 그러니 이런 잡놈이 또 어디 있겠는가?

- 오음(五音) 국내에서 사용하던 '궁·상·각·치·우(宮商角緻羽)'의 다섯 음계.
- 육율(六律) 12가지 율 중 양(陽)을 상징하는 여섯 음을 일컫는 말로, 다른 말로 육시(六始), 육간(六間), 육양성(六陽聲) 등으로도 불린다.
- 허랑(虛浪) 말이나 행동 따위가 허황하고 착실하지 못하다.
- 은군자(隱君子) 몰래 매춘하는 여자를 말하는데, '이패(二牌) 기생'의 별칭으로도 쓰였다. 기생은 일패(一牌), 이패(二牌), 삼패(三牌)로 등급이 나눠졌는데, 일패 기생은 가무와 음악적 재능이 뛰어나 상류층 연회에 주로 참석하여 흥을 돋우어 주던 이들로, 관기(官妓)의 전통을 가장 잘 계승했다. 이에 비해 이패 기생은 얼굴과 몸은 빼어나지만 가무나 음악적 능력은 뛰어나지 못해 주로 술시중을 들거나 어쩔 수 없이 남몰래 몸을 팔아 생활했다. '꽃 기생'으로 불렸으며 은근하게 매춘을 한다고 하여 '은근짜'라고도 불렀다. 이들은 미모가 뒷받침됐기 때문에 별감이나 상인 등 부유한 이들의 애첩이 되곤 했다. 반면 삼패 기생은 미모도 재능도 변변치 못해 매춘을 직업적으로 삼았던 기생들이다. 달리 '다방모리'로 불렸다.
- 아랫대 하대(下帶), 곧 서울의 아래 지역이라 불리던 곳으로 동대문 일대를 말한다. 이 지역에는 군 관련 직업군의 사람들이 많이 살았기 때문에, 군 관련자들을 '아랫대 사람'이라 부르기도 했다.
- 우대 상대(上帶), 곧 서울 위쪽 지역을 가리키는 말로 흔히 인왕산 근처인 서울 서북쪽 일대를 말한다. 이 지역에는 주로 중인, 경아전 별감 들이 살았기 때문에 이들을 '우대 사람'이라고 부르곤 했다.
- 색주가(色酒家) 젊은 여자를 두고 술과 함께 몸을 팔게 하는 집. 또는 그곳에서 몸을 파는 여자.
- 태임(太任)·태사(太姒) 현명하고 덕망이 높은 현숙한 여인을 가리키는 말로 쓰인다. 태임은 중국 주(周)나라 문왕(文王)의 어머니이고, 태사는 문왕의 아내였다.
- 장강(莊姜) 중국 위(衛)나라 장공(莊公)의 아내로 미모와 덕을 갖춘 여인으로 평가된다.
- 반악(潘岳) 미남인 데다 풍채가 좋고 재주가 많았으며 글쓰기에도 뛰어났던 중국 서진(西晉) 시대의 남자. 흔히 중국 최고 미남의 대명사로 통한다.
- 이비(二妃) 중국 요(堯)임금의 두 딸이자 순(舜)임금의 아내였던 아황(娥皇)과 여영(女英) 자매를 일컫는다. 두 자매 모두 순임금의 왕비가 되었기 때문에 '이비(二妃)'로 불리는데, 순임금이 창오(蒼梧)에서 죽었을 때에 두 왕비도 그를 따라 상수(湘水)에 몸을 던져 죽은 것으로 유명하다.

바야흐로 향기로운 꽃이 피는 시절이 되어 온갖 풀과 나무마다 제각기 즐거워하고 사방이 봄빛으로 가득하다. 이때에 어른 대여섯 명과 아이 예닐곱 명이 북한산 백운봉에 올랐다. 북쪽으로는 삼각산을 잡아당긴 듯 끝이 보이지 않고, 대장부의 원대한 꿈을 삼킨 듯 구천은폭은 속된 생각을 씻어 낼 듯 흘러내린다. 게다가 살구꽃 풀 향기가 가득한 게 기분이 좋아져 일행이 모두 손을 잡고 발로 땅을 구르며 장단에 맞춰 노래

부르며 한참을 걸어 올라가니 높게 지은 기생집이 나타났다.

기생집에 들어가니 자리에 앉은 왈짜들이 보였다. 상좌에는 당하 천총 내금위장 소년 출신 선전관 비별랑과 도총 경력이 앉아 있고, 그다음 자

● **구천은폭**(九天銀瀑) 강북구 수유동 북한산 구천계곡에 있는 폭포 이름으로 '수도 폭포'라고도 한다. 누가 쓴 것인지 모르지만 바위에 '九天銀瀑'이란 네 글자가 새겨져 있어 흔히 폭포 이름을 이렇게 부른다.

리에는 각 영문 교련관에서 권세 꽤나 있다는 중방과 각사의 서리, 북경
을 오가는 역관, 좌우 포청의 이행군관, 대전별감 등이 색색의 당당홍의
를 입고 앉아 있었다. 또 다른 편에는 나장이 정원사령과 무예별감 사이
에 섞여 있고, 시장판 각전에서 활동하는 시정인과 남촌한량, 그리고 노
래 명창 황사진, 가사 명창 백운학, 이야기의 으뜸 오물음, 거짓말의 으
뜸 허재순, 거문고의 으뜸 어진창, 가야금의 으뜸 장재량, 퉁소의 으뜸
서계수, 장고의 으뜸 김창옥, 피리 소리의 으뜸 박보안, 해금의 으뜸 홍일
등, 판소리 잘하는 송흥록과 모흥갑 등 모두가 모여 있었다.

　무숙이가 들어가니, 상하 왈짜 중에 아무도 똑바로 걸어갈 수도, 남의
잘못을 끄집어내어 책망할 이도 없다. 제비처럼 이리저리 눈치 보며 들
어올 때 입고 있던 호사한 복식을 보니, 엽자 동곳, 바다 한가운데에서
나는 산호 동곳 어깨에 꽂고, 외올망건 대모관자 쥐꼬리 당줄, 진품 금
패, 좋은 풍잠 이마 위에 서게 띠고, 갑주 보라, 잔줄 저고리, 흰 갑주 누
비바지, 백제우사 통한삼에 장원주 누비동옷, 통화단 잔줄배자, 양색단
누비토시, 순밀화장도, 학슬 안경, 당세포 중치막에 지품당띠 통대자 허
리띠와 우단낭자, 오색 모초, 고운 쌈지 당팔사 끈을 달고, 용두향 대당

● 각~중방(中房) 군대 장교.
● 각사(各司)의 서리(書吏) 각 관청 부서의 행정 업무를 책임지던 말단 관리. 서리 중에도 특히 서울 중앙관
서에 근무하던 경아전(京衙前)이란 이들은 관청의 물건과 재무를 담당했기 때문에 돈을 매개로 한 유흥 문
화의 주체로 깊이 관여할 수 있었다.
● 역관(譯官) 통역사. 사신단의 통역을 맡아 북경, 일본 등을 드나들며 부를 축적하던 중인. 의술을 책임지던
의관(醫官)과 함께 기술직 중인의 대표적인 부류에 속한다.
● 포청(捕廳)의 이행군관(移行軍官) 오늘날 경찰서에서 근무하는 경찰관에 해당하는 포교(捕校).

- **대전별감**(大殿別監) 임금 주위에서 잔심부름을 하던 사람.
- **나장**(羅將) 오늘날 검찰청에 해당하는 의금부에서 근무하던 말단 관리.
- **정원사령**(政院使令) 오늘날 청와대 비서실에 해당하는 승정원에서 일하던 하급 관리. 나장과 사령은 다른 관청에도 있을 수 있지만, 특별히 의금부 소속 나장과 승정원 근무 사령이라면 당시 사회적 명성과 위상이 다른 부서와 달리 어깨에 힘깨나 주는 위치에 있었다.
- **각전**(各廛)**에서~시정인** 나라에서 장사를 허락받은 서울 시장 가게의 상인. 이들 상인은 사회적 신분은 서리와 비슷하지만 돈을 벌어 부자가 된 이들이 적지 않았다. 따라서 상인들도 유흥을 즐기는 부류에 포함될 수 있었다.
- **남촌한량**(南村閑良) 문자 그대로는 '서울 남산 기슭에 살던 한량'이라는 뜻이지만, 특별히 무과를 준비하던 이들이 그 일대에 많이 살았기 때문에 과거 시험 준비를 하며 끼리끼리 어울리던 젊은이들을 당시 사회에서 일반적으로 일컫던 보통명사의 뜻으로 이해해도 좋을 듯하다.
- **송흥록**(宋興祿)**과 모홍갑**(牟興甲) 기방의 말석을 차지하고 있던 '황사진', '백운학', '송흥록' '모홍갑' 등은 모두 당시 내로라하던 당대의 실존 명창들이다. 이 중 송흥록은 문학사에서 판소리의 가왕이라 평가받는 인물이고, 모홍갑은 동편제 판소리를 발전시킨 8명창 중 한 명으로 문학사에서 중요하게 다뤄진다.
- **엽자**(葉子) 잘 재련된 최상급의 금.
- **동곳** 상투가 풀어지지 않게 머리카락에 꽂는 물건.
- **외올망건** 하나의 올로 뜬 품질 좋은 망건.
- **대모관자**(玳瑁貫子) 대모로 만든 관자. 대모(玳瑁)는 거북의 일종이고, 관자는 망건에 당줄을 꿰어 거는 작은 고리를 말한다.
- **당줄** 망건에 달아 상투에 동여매는 줄.
- **금패**(錦貝) 사치스런 보석 호박(琥珀)의 한 종류.
- **풍잠**(風簪) 망건의 중앙에 다는 장식품.
- **갑주**(甲紬) 질이 좋고 값이 비싼 고급 명주.
- **통한삼**(通汗衫) 여름에 통풍이 잘 되는, 곱고 가느다란 백색 올로 짠 고급 비단 옷감으로 만든 속적삼.
- **누비동옷** 누비로 만든 남성용 저고리.
- **통화단** 비단의 일종.
- **잔줄배자**(背子) 겨울철에 여성들이 조끼처럼 입던 옷. 저고리 위에 덧입었다.
- **양색단**(兩色緞) 비단의 일종.
- **누비토시** 누비로 만든 토시. 토시는 팔뚝에 끼는 방한용 보호대의 일종.
- **순밀화장도**(純蜜花粧刀) 꿀벌의 밀과 비슷한 호박의 일종으로, 무늬가 있는 밀화로 장식해 만든 작은 칼.
- **학슬 안경**(鶴膝眼鏡) '학슬'은 학의 무릎이라는 뜻으로, 안경다리의 가운데를 폈다 접었다 할 수 있게 만든 안경.
- **중치막**(中致莫) 높은 지위에 있는 이들이 나들이할 때 입던 긴 웃옷.
- **통대자**(通帶子) 속이 빈 허리띠.
- **우단낭자** 겉에 고운 털이 보이게 짠 비단으로 만든 주머니.
- **모초**(毛綃) 중국에서 나는 비단의 일종. 날은 가는 올로, 씨는 굵은 올로 달리 해 짠다.
- **당팔사**(唐八絲) 여덟 가닥 실로 꼬아 만든 노끈.

전을 안 옷고름에 달아 차고, 버들잎 모양의 고운 발 육날 미투리 손가락으로 두 번 겹쳐 어깨에 걸었다 놓았다 하며 들먹이는 것이었다. 뜻하지 않게 우연히 만난 모꼬지 한가운데 참여하며 말하기를,

"좌중은 평안하시오."

하며 안으로 들어가니, 귀티 나는 복식에 여유로운 태도는 남자 중에 호걸이 분명하고 능수능란한 잔재미가 찰찰하니 그를 압도할 이가 아무도 없었다. 무숙이 여러 사람과 인사를 나눈 뒤 몸을 일으키며 말하기를,

"좌중에 통합시다."

하니 누군가 물었다.

"무슨 말씀이오?"

"좌우에 앉아 계신 여러 벗님네는 내 말 좀 귀 기울여 들어 보시오. 나 무숙이는 어려서부터 호화로운 집안에서 자라 부모님 은덕으로 호의호식하고 독서당에서 글 배울 때에도 재주 있다는 소릴 들었소. 그런데 부모님이 모두 돌아가시자 문필 재주는 사라지고 집안 재산은 다 탕진하고 말았으니 방탕한 이 마음을 꽉 붙잡을 길 없소이다. 그래, 이제 깨닫고 또 깨달은 것이 있으니, 우리 조상님도 불쌍하시지, 내 아내와 자식이 제사를 받들고 손님을 접대할 뿐 나는 아무 지식 없이 지내다가 좋은 형세는 간 곳 없고 거적쌈에 버려질까 두렵소. 그러니 오늘 이 모임에서 상하 벗님들에게 의논을 드려 한번 노름판을 벌여 그 끝을 보고, 이후로는 오입질은 끝내고 재산을 모으는 일에만 전념하려 하는데 이 계획이 어떻습니까?"

이 말을 들은 좌중의 왈짜들이 서로 비슷한 대답을 했다.

"야, 무숙이 좀팽이 자식아. 인생에서 청춘이 무상하다는 것만 네가 알아라. 해마다 봄풀은 푸르지만 청춘은 한번 가면 다시 오지 않는다는 것을 너도 알 것이다. 〈장진주〉 부르며 날마다 좋은 술 삼백 잔 기울이자던 이태백은 고래를 타고 신선이 되어 하늘에 올랐는데, 아껴 두고 못 쓰는 것을 보니 자네야말로 지독한 구두쇠일세."

또 다른 왈짜가 말하기를,

"이 미친 자식들아. 내 신세, 남의 신세 구분 못하고 말하지 말고, 오입의 근본을 말해야지. 계집의 오입을 두고 말한다면 삼십이 되기 전에 마음껏 놀다가 사십이 가까우면 맛 좀 들고 속이 굳은 기둥서방 골라 얻어 한평생 기억하며 살고자 하는 법인데, 지각없이 정신 못 차리고 아름다운 귀밑머리 살 잡히고 검고 윤기 있던 머리 백발이 되도록 맛만 취해 늙어 버리면 드나들던 한량 손님도 하나둘씩 오다 말 것 아닌가. 그제야 아차 생각하면 몸 둘 곳 전혀 없어 평생을 그르치게 될 것은 뻔한 일이 아닌가. 우리 오입 또한 그렇지 않은가? 무숙이 네 생각이 옳고 옳다. 맞

◦ **용두향**(龍頭香) 용머리 모양의 향로.
◦ **육날 미투리** 여섯 개의 날을 이용해 삼 껍질을 짚신처럼 만든 신.
◦ **모꼬지** 여러 사람의 모임.
◦ **장진주**(將進酒) 이태백(李太白)의 유명한 한시 〈장진주(술을 권하다)〉를 뜻한다. "그대 알지 못하는가? / 황하(黃河)의 강물이 하늘에서 내려와 / 세차게 흘러 바다에 이르면 돌아오지 못한다는 것을. / 그대 알지 못하는가? / 높은 집 맑은 거울 보며 백발을 서러워하노니 / 아침에 검던 머리 저녁에 눈같이 된다는 것을. / 사람이 살며 바라던 일 이루어지면 모름지기 마음껏 즐겨야 하리니 / 달빛 아래 금 술잔 빈 채로 두지 않는 법. / 타고난 나의 재능 반드시 쓸 데 있고 / 천금은 흩어 없어져도 다시 돌아오리니 / 양 삶고 소 잡아 또 즐겨 보세나 / 모여 모름지기 한번 마시면 삼백 잔은 마셔야지.…〔君不見/黃河之水天上來/奔流到海不復廻/君不見/高堂明鏡悲白髮/朝如青絲暮成雪/人生得意須盡歡/莫使金樽空對月/天生我材必有用/千金散盡還復來/烹羊宰牛且爲樂/會須一飮三百杯…〕"

다 맞아."

하니 군평이 역시 나앉으며 말하기를,

　"그렇지 그렇고말고. 무숙이 네 말이 기특하네. 자네 말대로 끝을 보도록 놀려고 하면 어떻게 놀 셈인가?"

물으니 무숙이 대답하기를,

　"바람둥이 왈짜들이 모이는 곳은 노름판인데, 거기서 허튼소리하고 술주정하며 허풍 떨며 '악양루 가자, 고소대 가자, 계명산 가자, 봉황대 가자.' 떠들어 대지만, 그게 모두 미친 자식 헛소리가 아닌가. 경치 좋기로 제일인 곳은 중국에 있으니 멀고 먼 만리타국 가자는 말이 술김에 지껄이는 객쩍은 말 아니겠는가?

　우리나라 제일 경치 좋은 곳으로는 금강산 내외경과 거기서 아래로 내달아 관동팔경, 의주 통군정 안주의 백상루, 영변의 낙선대, 성천의 강선루, 평양의 연광정, 부벽루, 모란봉, 칠성대 보덕굴과 능라도 영명사와 개성부로 달려 들어가 송악산 박연폭포, 파주 임진 좋은 강산 함흥 낙민루, 길학정, 북산루, 공주 금강산성과 전주 완산 한벽루와 남고산성 기이하고, 산청의 환아정, 진주의 촉석루, 통영의 세병관, 청주의 한산도, 밀양의 영남루, 울산의 태화루, 동래 인화정 학소대를 구경하고, 경주의 백율과 순송의 봉황대가 좋을시고. 영천의 조양각 대구 달성 구경하고, 안동 태백 내외경과 동개골 서구월 남지리 북향산을 다 돌아본 연후에 보은 속리산 문장대와 무주 무풍 적상산성, 부안 변산 영암월, 광양 백운봉, 문경 주흘산 낱낱이 구경하고 아니 본 곳 없었도다.

　더욱이 출세하는 일에 관심 없고, 놀기 좋아하는 명기 명창 모두 내

손에 놀아나고, 삼재팔난 괴롭고 즐거운 세상일 모두 겪은 데다, 호사한 의복 입고 법도에 맞는 행동거지와 예의범절 지켜보고, 페르시아 산 귀한 보배, 좋은 노리개와 금옥패물 패용하고, 비싼 준마와 보라매, 일등 미녀 데리고 원 없이 다 놀아 보고, 대궐집 같은 세간 살림과 물건 갖고 실컷 놀았으니 이제 무슨 한이 있을까 보냐? 아서라. 그만두고, 물려받은 재산으로 이 노름 저 노름 하며 술 마시고 풍류 잔치 즐기며 좋은 노래와 미녀 찾아 끝까지 놀아 보고 산에 들어가 도나 닦으며 지내리라."

평양 기생 의양과의 만남

이 말을 들은 군평이 말하기를,

"그대 말이 그럴듯하지만, 서울의 미인들이란 늘 보던 여자들일 것이요 평소에 듣던 풍류 소리 역시 이제는 익숙하여 재미를 모르지 않겠소. 요새 들으니 '의양이'란 평양 기생이 화개동 경주인 집 안쪽에 있는 사랑

- **악양루(岳陽樓)** 중국 호남성 동정호 동쪽에 있는 누각. 명승지로서 옛날부터 문학 작품의 소재로도 자주 인용되던 장소다.
- **고소대(姑蘇臺)** 중국 오(吳)나라 왕이 미인인 서시(西施)의 웃음을 사기 위해 만들었다는 대(臺)로, 중국 강남 지역에 있다.
- **삼재팔난(三災八難)** 문자 그대로는 '세 가지 재난과 여덟 가지 어려운 일'이란 뜻이나, 흔히 '모든 재앙과 곤란'을 뜻하는 불교 용어로 사용된다. 구체적으로 삼재는 '기근과 질병, 난리'를, 팔난은 '지옥(地獄), 아귀(餓鬼), 변지(邊地), 장수천(長壽天), 축생(畜生), 세지변총(世智辯聰), 불전불후(佛前佛後), 귀머거리와 소경(盲聾瘖瘂)'을 가리킨다.
- **화개동(花開洞)** 현재 종로구 소격동과 화동 일대에 있던 마을. 조선 시대에 화초를 기르던 장원서(掌苑署)가 있어 꽃이 피어 있다는 뜻으로 마을 이름이 붙여졌는데, 오늘날 줄여 화동(花洞)이라 부르게 되었다.

채에 들어가 몸을 가리고 산다는 소문이 파다하오. 그녀의 얼굴은 왕소군처럼 절세미인이고 태도는 양귀비 같다고들 하오. 그러니 서울의 젊은이들이 모두 미친 듯 그녀를 만나려 하지만, 그녀는 인의예지를 알고 더없이 절개가 높아 지금까지 기둥서방조차 두지 않았다오. 다만 훌륭한 남자를 만나면 자신을 의탁하려 한다니, 자네가 이참에 거기 가 한번 놀아 보면 어떻겠소?"

한다.

이에 무숙이가 좋아하며 대답하기를,

"내가 진실로 바라던 것이 바로 그것이오. 가다뿐이겠소?"

하고는 의양의 집으로 갈 때, 오입쟁이 친구 예닐곱 명과 함께 갔다.

군평은 집 앞에 걸린 등을 분별하는 일을 맡았다. 일행이 손을 마주잡고 큰 길을 지나 화개동으로 향하니 복숭아꽃처럼 붉은 털을 지닌 말이 한바탕 회오리바람을 일으킨다. 그 바람에 곳곳이 그윽한 향기로 가득하고 버드나무 가지는 이슬을 머금은 듯 늘어져 있고 달빛에 비친 오

---

* **경주인(京主人)** 조선 시대에 중앙과 지방의 연락 사무를 담당하기 위해 지방에서 서울에 파견된 아전 또는 향리.
* **왕소군(王昭君)** 한(漢)나라 원제(元帝) 때의 궁녀. 당대 최고 미인으로 이름이 높았으나, 원제의 간택을 받지 못한 채 흉노족 왕비로 시집을 가 오랑캐 땅에서 한나라를 그리워하며 지내다 죽었다.
* **양귀비(楊貴妃)** 당나라 현종 때의 미인이자 왕비. 중국 최고의 미인 중 한 명으로 꼽힌다. 안녹산의 난이 일어나 현종과 같이 도망치다가 함께 죽임을 당했다.
* **이화정(梨花亭)은~없다** '낙양동천이화정(洛陽洞天梨花亭)'이란 어구를 인용해 쓴 것으로, '낙양성 신선들이 노니는 곳에 배꽃이 피어 난 정자'라는 뜻이다. 낙양은 중국의 옛 도읍지고, 동천은 도교에서 신선이 산다는 곳인데 동촌(東村)으로 말하기도 한다. 이화정은 배꽃이 피어난 정자라는 뜻 외에 중국 송나라 때 미인인 숙향이 부모와 헤어져 천태산(天台山) 마고선녀(麻姑仙女)와 함께 이화정에서 수를 놓으며 살게 되었다는 전설이 있는 공간이기도 하다. 봉산탈춤을 비롯해 판소리 《심청가》, 고소설 《숙향전》, 《삼사횡입황천기》 등에서 '낙양동천이화정'은 배경을 나타낼 때 관용구처럼 쓰이곤 했다.

동나무 경치 역시 좋을시고. 우뚝 솟은 삼각산과 화개동 물가의 겨울 경치는 별천지가 따로 없는 듯하니, 이화정은 아니지만 낙양동천과 다를 바 없다. 미친 사람인 듯 술 취한 사람인 듯, 흥에 겨워 안으로 들어가니 아름다운 오늘 밤이 좋을시고.

사랑에 들어가 바깥주인과 인사를 나누고 '평양집'이라 부르는 의양이를 부르니, 안채 문을 열고 의양이가 나온다. 달빛은 마당에 가득하다.

무숙이가 이리저리 움직이며 벽화주 무늬 옷과 붉은 치마를 입은 미인이 촛불 아래 단정히 앉아 손님 대하는 거동을 살펴보니, 서시인 듯 달기인 듯 자태는 보름 밝은 달이 구름 속에 감춘 듯하고, 연못 위의 연꽃처

- **서시(西施)** 월나라의 미인. 한나라 원제(元帝) 때의 궁녀 왕소군(王昭君)과 삼국 시대의 초선(貂蟬), 당나라 때의 양귀비(楊貴妃)와 함께 중국 고대 4대 미인 중 한 명이다. 월나라 왕인 구천(句踐)이 서시를 적대국가였던 오나라의 왕 부차(夫差)에게 보내 미인계로 유혹하게 한 뒤, 방심한 틈을 타 오나라를 공격해 멸망시켰다.

- **달기(妲己)** 중국 상(商)나라 마지막 왕이었던 주왕(紂王)이 사랑했던 왕비. 기(己)가 성(姓)이고 달(妲)은 자(字)다. 달기는 용모가 선녀 같고 노래와 춤을 잘하였는데, 뒤에 음탕하기가 이를 데 없어 방탕하고 사치스러운 생활을 즐겼으며 잔인한 형벌을 가하는 것을 좋아했다고 한다. 기록에 따라 다소 차이가 있다.

럼 군자의 기상을 지닌 듯도 하다. 가냘픈 몸과 고운 얼굴의 의양이가 붉은 입술을 반쯤 여니 새가 지저귀는 것처럼 맑고 아름다운 소리가 났다.

허랑한 무숙이가 마음이 어지러워 속으로 생각하기를,

'이처럼 아름다운 여인은 내 나이 사십 평생에 처음 보는구나. 이제야 내 여자를 만났으니 이전에 하던 오입은 헛오입이었군. 헛되이 재물을 쓰고 남에게 속은 것이 후회가 된다. 바다를 본 사람에게 작은 물은 물도 아니지.'

하고는 자리에 앉으며 말했다.

"좌중에 통합시다."

하니,

"무슨 말씀이오?"

답한다.

"저 기생과 인사하고 싶소."

"좋은 말씀이오."

"저 사람을 처음 보오. 무사한가?"

"평안하시오?"

"고향이 어디인가?"

"평양이오."

"이름이 어떻게 되오?"

"의양이오."

"나이는 얼마인가?"

"스무 살이오."

78

"맡은 일이 있소?"

"예, 맡은 일이 있습니다."

"어디 다니시오?"

"약방에 다니오."

"서방은 누구인가?"

"아직 없습니다."

"진정인가?"

"진정이오."

하니 무숙이 다시 말하기를,

"좌중에 통합시다."

"무슨 말씀이오?"

"저 기생 나와 함께 살면 어떻겠소?"

하니,

"마땅한 말씀이오."

한다.

"여보게, 평양집. 내가 자네 서방이 되면 안 되겠나?"

이 말을 들은 의양이는 부끄러워하는 사람 모양으로 아름다운 눈썹을 단정히 하고 아무 말도 하지 않고 가만히 앉아 있을 뿐이었다. 이때 왈짜 한 명이 나와 앉으며 좌중과 통한 뒤에 의양이에게 권하기를,

---

* **약방(藥房)에 다니오** 약방(藥房)에 소속된 기생이라는 뜻. 기생은 의녀(醫女) 일을 겸하기도 했다.
* **서방은 누구인가?** 기생의 주인 격인 기둥서방은 누구인가?

"여보게, 평양집. 자네의 절개가 높은 줄은 잘 알겠네. 평양처럼 경치 좋은 곳에서 온갖 사랑을 받으며 자랐기에 눈과 귀가 높아져 웬만한 말에는 콧방귀도 뀌지 않겠지만, 한양 어디를 가든 '남자 중에는 무숙이가, 여자 중에는 의양이가 최고다.'라고들 하는데, 그런 남자 무숙이가 하는 약속을 어기면 마치 원앙이 깃들 수 있는 집을 잃은 것처럼 후회할 것이니 자네는 깊이 생각해 보시오."

하는 것이었다.

이에 의양은 부끄러운 듯 끝내 아무 말도 하지 않았다. 무숙이 수작을 끝낸 뒤 군평을 불러서는,

"술과 안주를 가져오라."

이르니 여러 진미 성찬이 가득했다. 화류로 만든 강진 교자판에 금가루로 그린 그림이 있는 그릇과 유리 접시 벌여 놓고, 귤병, 편강, 민강과 대밀주, 소밀주, 호도당, 포도당에 옥춘당, 인삼당, 왜편과 오편 곁들이고, 인삼정과, 모과정과, 생강정과 곁들이고, 유자 밀감, 포도, 석류, 생밤, 삶은 밤, 은행, 대추, 봉산 참배, 유감자 등에 전낙까지 곁들이고 착면화채, 배 무름에 수정과를 곁들이고, 메밀완자 신선로에 번화하다 벙거짓골 아귀찜, 갈비찜에 승강이를 곁들이고, 어육, 제육, 어만두, 떡볶이가 소담하다.

평양 세면 부비염에 황주 냉면 곁들이고, 울산 전복 봉오림에 매화오림, 문어오림, 실백자를 곁들이고, 침해, 양채 갖은 어채 각색으로 놓았고, 색 있는 갖은 편에 두태 떡을 곁들이고, 양 고음, 우미탕에 누르미를 고았는데, 설렁탕 한 동이는 하인청에 들여놓고, 평양의 감홍로, 계당주,

노산춘, 이강주, 죽엽주를 각색 병에 들여놓고, 노자작, 앵무배로 오산

- **화류(樺榴)** 붉은빛을 띠며 고운 결을 가진 자단(紫檀) 나무 목재로, 흔히 문갑이나 경대를 만들 때 쓴다.
- **귤병(橘餠)** 설탕이나 꿀에 졸여 만든 귤.
- **편강(片薑)** 얇게 저며서 설탕에 졸여 만든 생강.
- **민강(閩薑)** 설탕물에 졸여 만든 생강 과자.
- **옥춘당(玉春糖)** 쌀가루로 만든 사탕의 일종으로, 둥글납작하며 전체적으로 빨간색이나 여러 색깔로 둘러 싼 무늬로 만들어 제사 음식에 주로 올려놓는다.
- **인삼당(人蔘糖)** 설탕에 졸여 만든 인삼.
- **왜편[倭餠]과 오편[胡餠]** 일본 떡과 오랑캐 떡.
- **인삼정과(人蔘正果)** 생삼의 껍질을 벗긴 뒤 삶거나 찐 뒤 꿀에 버무려 약한 불에서 졸인 음식. 정과(正果) 는 전과(煎果)라고도 하는데, 수분이 적은 뿌리나 줄기, 또는 열매 등의 재료를 단물에 졸여서 쫄깃쫄깃하 고 달콤하게 만든 한과를 가리킨다.
- **모과정과(木瓜正果)** 모과를 깎아 다듬은 뒤 곱게 으깨어 꿀이나 설탕에 졸여 만든 음식.
- **생강정과(生薑正果)** 생강을 설탕이나 조청에 오래 졸여 쫄깃하고 달콤하게 만든 한과.
- **봉산 참배** 봉산 지역에서 나는 배.
- **유감자(柑子)** 귤 종류의 약재로, 흔히 밀감과 비슷한 열매를 갈아 진액을 만들어 갈증을 멎게 하며 소변을 잘 보도록 하는 약재로 쓴다.
- **전낙** 전복과 낙지를 이용해 만든 음식.
- **착면화채(搾麵花菜)** 구멍이 난 바가지, 또는 통에 뜨겁게 반죽한 밀가루나 메밀가루를 넣어 구멍으로 뽑 은 국수로 만든 화채.
- **배 무름** 수정과를 끓일 때 함께 넣어 무르게 된 배.
- **벙거짓골** 전골을 요리할 때 쓰던 무쇠 그릇으로, 벙거지 모자를 뒤집어놓은 것과 비슷하게 생겼다 하여 붙 여진 이름이다.
- **두태(豆太) 떡** 콩과 팥으로 만든 떡.
- **양(羘) 고음** 소의 위(胃) 부분을 먹기 위해 푹 삶아 놓은 것.
- **우미탕(牛尾湯)** 소꼬리를 푹 고아 만든 탕.
- **누르미** 무, 당근, 다시마 등 채소와 소고기를 꼬치에 꿰고 그 위에 양념을 발라 솥에다 쪄 만든 음식.
- **감홍로(甘紅露)** 평양 지역에서 만든 소주.
- **계당주(桂當酒)** 호남 지역에서 만든 소주. 계피와 당귀를 넣어 만든다.
- **노산춘(魯山春)** 충청 지역에서 만든 대표적인 술의 하나.
- **이강주(梨薑酒)** 황해도 지역의 대표적인 술. 배와 생강을 넣어 만든다.
- **죽엽주(竹葉酒)** 대나무 잎을 삶은 물로 빚은 술.
- **노자작(鸕鶿酌)** 가마우지 물새 모양으로 만든 술그릇.

에 기우는 듯하다.

육간대청 넓은 마루, 유리 양각등을 달고, 화산관이 그린 병풍, 몽고전 보초 등과 담요를 요강, 타구에 섞어 놓고, 큰 촛대와 작은 촛대 받침대에 육촉 들여 꽂고, 일등 육각 영산오장 한 거리 늘여 붙이니 높은 소리 화개동에 가득하다. 남녀청 우계면에 가사, 잡가, 성주풀이로 잔치가 절정을 치달으니, 홍문에서의 잔치가 과연 이보다 더 재미있고, 장낙궁에서의 태평연 또한 이보다 더 사치스럽고, 은나라 주왕의 녹대연이 이보다 더 한가할 수 있으리오?

장고, 생황, 단소, 우조, 계면조 각각의 장기로 실컷 놀고 잔치를 끝낸 뒤 무숙이가 말하기를,

"여기 있는 벗님들아. 한양 남북촌에 옥같이 아름다운 여인이 많지만, 잠시 정을 통할 뿐이지 마음을 주고 백 년을 함께 살 사람은 없다오. 여기저기서 모두 속임을 당하고 마땅한 사람 구할 길 없어 세월만 헛되이 보내고 방심하던 차에, 오늘 이곳에서 평양집을 보니 이내 마음 백 년을 함께 할 사람이라 생각하오. 벗님들의 의견은 어떠하며, 평양집 당신의 마음 또한 어떤지 듣고 싶소."

한다.

이에 여러 왈짜들이 한목소리로 말하기를,

"네 말이 그럴듯하다. 무숙이 네가 저런 여자에게 살림을 맡긴다면 마음도 방탕하지 않고 그동안 해 오던 일이 후회가 될 것이니, 화목하고 평생 함께할 짝으로 두 사람 잘 어울린다. 잘 어울려."

하자 평양집은 머리를 숙이고 부끄러운 기색이 가득한 얼굴로 정답게 대

답한다.

"좌중의 서방님들께서 권면해 주신 말씀, 감사하고 황송합니다. 이십
년 제 평생에 본가 지체는 좋지만 외가 쪽이 초라하여 일생 맺힌 한이
있으니, 교방에 몸을 두고 있어 보름날이면 점고를 받아야 하고, 행수로
부터 핀잔을 듣기 일쑤고, 수노 호령에 종아리를 때리고, 춘하추동 사계
절 내내 관청에 얽매여 아니꼽고 더럽고 치사한 일만 당하고, 수많은 대
신들과 고을 원님들은 이미 오입쟁이들이 집적대지 않았을까 의심하며
비단과 재물, 온갖 패물을 많이 주면서도 지체와 신분을 생각해 만남을
기약하는 일이 없어 이때까지 남녀 간 즐거움을 알지 못한 채 지내왔습
니다. 상원에서 빨리 올라오라는 독촉 공문을 보내 할 수 없이 서울에

* **앵무배(鸚鵡杯)** 자개를 이용해 앵무새의 부리 모양으로 만든 술잔.
* **양각등(羊角燈)** 양의 뿔을 고아 투명하고 얇은 껍질을 만들어 이를 씌운 등.
* **화산관(華山館)** 조선 후기 화원(畵員)이었던 이명기(李命基)의 호. 초상화를 잘 그려 정조의 어진(御眞)을
  비롯해 재상들과 당대 유명 문인들의 초상화를 많이 그렸다.
* **몽고전(蒙古氈)** 몽골에서 들여온 양탄자.
* **보초(堡礁)** 산호초의 일종.
* **타구(唾具)** 가래나 침을 뱉는 그릇.
* **육촉(肉燭)** 쇠기름을 발라 만든 초.
* **육각(六角)** 북, 피리, 장구, 해금, 태평소 한 쌍을 합쳐 부르던 악기.
* **우계면(羽界面)** 옛날 가곡에서 사용하던 우조와 계면조 가락. 우조는 힘이 있고 씩씩한 느낌을 주는 반면,
  계면조는 처량하고 슬픈 느낌을 주는 것이 각각 서양의 장조와 단조에 대비된다.
* **홍문(鴻門)에서의~녹대연(鹿臺宴)** 중국에서 역사적으로 유명했던 잔치를 열거한 것이다. 각각 초나라 패
  왕 항우와 한나라 고조 유방이 함께 한 홍문에서의 잔치, 한 고조가 벌인 장락궁에서의 잔치, 은나라 주왕
  (紂王)이 온갖 재물을 모아 두었던 녹대에서 벌인 잔치를 각각 뜻한다.
* **점고(點考)** 명부에 일일이 점을 찍어 가며 사람의 수를 조사하는 일로, 관청에 속한 기생들의 출석 점검에
  해당한다.
* **행수(行首)** 한 무리의 우두머리.

올라온 것인데, 들어오던 그날부터 별감방 포도부장 오입쟁이 서방님네 들이 내 속마음을 알아 저를 길들이려 호령 핀잔을 하고, 여차하면 가 슴 타고 살자 하는 서방님네는 한번 정을 통하는 일이 좋다며 유혹하기 도 했습니다.

그러나 백년해로 함께할 낭군의 마음인지 자세히 알지도 못한 채 함부 로 몸을 맡겨 목숨을 마칠 수야 있겠습니까? 만일 일이 뜻대로 되지 않 으면 목숨이 오갈 텐데, 거짓 없이 사실대로 말한 뒤 후회막급하게 되면 호소할 곳 없는 서러운 제 사정은 누가 알아주며 누구를 원망하겠습니 까? 거절하는 말씀 아무리 매정하다 할지라도 서방님의 넓은 마음으로 특별히 처분해 주십시오. 나와 평생 살 마음 저버리시고 다른 이야기나 하시고 놀다 가소서."

여러 왈짜가 혀를 내두르며,

"장하고 사리 있는 말이지만, 천지에 음양이 있고 만물이 암컷과 수컷 이 있기 마련인데, 호걸과 미인 둘이 만나 사궁 해야 한단 말인가? 다시 한번 깊이 생각하여 무숙이 김 서방의 애연한 마음 받아들여 백년가약 맺고 둘이 함께 사는 게 어떤가?"

하며 다시 권한다.

그러나 의양이는 묵묵부답인 채 앉아 있으니, 무숙이도 하릴없다. 속 으로 생각하기를,

'기생집 고운 계집이 높은 체 도도하기는……. 얄밉구나. 지조 있다 하 는 여자들도 내 풍채와 태도 한번 보고, 우스갯소리 한번 들으면 당해내 지 못하고 잘도 넘어왔는데, 요 계집 의양이는 어찌하여 사나이의 마음

을 이렇게 상하게 하는가?'

하며 혼자 탄식한다.

잔치 끝내는 곡을 청해 듣고는 각자 처소로 돌아가려 일어나 여러 친구와 다시 만날 날을 약속한 무숙이가 의양과도 작별 인사를 나눴다.

"여보게, 평양집. 봄날이 화창한데 일호주 오현금 삼장시 사귀율 하러 산으로 놀러 가면 어떻겠소?"

"좋은 말씀입니다."

"그럼 종종 연락하세."

의양이, 무숙의 첩이 되기를 허락하다

이렇게 작별하고 돌아오니, 마치 술에 취해 미친 사람인 양 한시도 의양이를 잊지 못하는 것이었다.

무숙이 결국 편지를 써서 사환에게 주며,

"의양이에게 전해 주고 오거라."

하니 사환이 편지를 의양이에게 갖다 주었다.

• **사궁(四窮)** 어려운 삶을 사는 네 부류의 사람. 곧 늙고 아내가 없는 홀아비, 젊어서 남편을 잃은 과부, 부모가 없는 고아, 봉양해 줄 자식이 없는 사람을 통칭하는 말이다. 달리 '환과고독(鰥寡孤獨)'이라 표현하기도 한다.

• **일호주(一壺酒)~사귀율(四句律)** 술병 하나에 다섯 줄 현악기(거문고) 타고 삼장 시조 부르고 절구 한시를 지으며 노는 것.

화개동 평양집은 보시오. 당신을 처음 만나 잠시 놀다 돌아온 뒤로 소식이 막혀 답답한 마음 가득한데, 봄빛이 화창하니 더욱 마음이 심란하오. 금쪽같이 귀한 자네 매일매일 평안하게 지내는지 궁금하오. 멋진 남자가 많은 한양에서 사십 평생 놀면서 누가 나를 압도할까 싶었는데 유별난 자네 안목 너무 높아 뜻한 바를 이루지 못한 것이 분하고 마음 아파 별안간 병이 될까 싶을 지경이오. 자네 고집 다시 돌려 이 한 남자 건져 주오. 나와 산다 소문내면 행장 차려 보내겠소. 봉황의 즐거움을 믿고 또 믿어 보오. 그럼 이만 총총 줄이오.

3월 16일

알 듯한 사람 포배리

편지를 읽은 의양이 속으로 크게 기뻐하며,

"이 사람과 백년을 해로하리라."

하고 답장을 써서 주니, 사환이 그 편지를 무숙이에게 다시 전해 주었다. 주옥같이 고운 글씨로 쓴 사연은 이러했다.

지난 음력 3월 저녁 잔치 끝나 헤어진 뒤, 사모하는 마음 잊지 못하던 차에 천금 같은 편지를 받으니 기쁘고 반갑기만 합니다. 서방님의 귀한 몸이 비천한 저로 인해 마음에 상처 된다 하시니 어린 마음 황공하여 어찌할 바 모르겠습니다. 지난 편지에 부탁하신 말씀은 염려하지 마소서. 벌과 나비가 꽃을 탐하면 꽃이 어찌 마다하겠습니까? 지난번 작별하고 가실 적에 여러 사람의 이목 때문에 정답게 말씀드리지 못해 섭섭한 마음 헤아릴 길 없으나 은밀한 정담은 백 년이라도 나누기 바라는 마음뿐입니다. 지면으로 못다 한 말 이만 총총 줄입니다.

무숙이가 이 편지를 받아 읽고는 비로소 기쁜 마음이 가득하다. 말 한 마리가 끄는 마차에 이름난 가마꾼들을 예비로 준비시켜 놓고 소식 오기만을 기다린다.

남북촌의 왈짜 수십 명이 들어오며,

"무숙이 자식 있는가?"

● **포배(褒拜)** 원래 유교 전통의례에서 하는 인사의 하나로 재배(再拜), 곧 두 번 절한다는 뜻이다. '배상(拜上)', '돈수(頓首)'처럼 편지 말미에 상대방을 높이고 존경의 의미를 담아 쓸 때 쓰는 표현이다.

소리치니, 무숙이 일어나 친구들의 손을 잡고 객담과 욕설로 며칠 못 본 인사를 하자, 왈짜 한 사람이 앉으며 말했다.

"애, 무숙아. 좋은 소식 있다. 우리가 평양집에 놀러 가 다시 너와 잘 살아 보라고 평양집에게 간곡히 권하니 의양이가 마침내 허락했다. 잘되었다 잘되었어. 두말 말고 데려다가 살림 차리고 정이 깊어지면 너 또한 마음을 바로잡을 것이니 어서 가마 차려 보내어라."

이에 무숙이 모르는 척 말하기를,

"그러면 얼마나 좋겠나. 나 또한 간절히 바라던 바니, 아무렴 친구의 말을 어길까? 그렇게 하겠소."

하고는 준비해 두었던 가마를 내어 주니, 여러 왈짜가 화개동에 들어가 의양이를 불러내고는 이렇게 말했다.

"자네가 창피해하고 부끄러워할까 봐 편지 하나 못 썼지만 이를 무례하다 여기지 않으면 좋겠네. 주저 말고 길 떠날 채비 차리시게. 한양 호걸 님도 좋고 향기로운 봄날에 온갖 꽃이 피어 좋고, 관상감의 관원이 좋은 날을 택해 보니 오늘이 바로 날이 좋다 하니 바삐 나가시게나. 어서 나오시오."

의양이도 기뻐하며 머리에 기름을 바르고 얼굴에 분 바르고, 복숭아꽃 빨간 물과 계피 타 끓인 물에 사향가루 섞은 물로 양치질을 오래 하고, 중국에서 나는 질 좋은 비단과 새 의복에다 과자 모양 버선 신고 이것저것 고르느라 야단법석, 정신없이 이 문 저 문 들락날락하며 가마꾼을 찾는다.

"여보게, 가마꾼."

"예."

"담배쌈지, 손 우산, 약주병, 기름병, 찬합을 하나에 지고, 요강, 타구, 재떨이는 가마 안에 받아 넣고, 유기 상자, 수저 주머니는 잃어버리지 않게 잘 간수하시오."

남은 물건 뒤처리까지 부탁하고 무숙이네 집을 찾아간다. 무숙이는 이미 사랑방과 차방을 꾸며 놓고 실내 장식까지 마친 뒤라, 의양이를 처소로 안내한다.

무숙이 하는 말이,

"여러 친구 도움 받아 평양집과 이렇듯 귀한 인연을 맺게 되었으니, 기쁜 마음 어찌 다 말할 수 있겠는가? 또 자네 역시 나와 백년해로 바란다 하니 모든 복의 근원 이 깊은 정을 어찌 잊을 수 있겠는가? 비록 제대로 육례도 갖추지 못하고 혼인증서도 없으나, 하늘과 땅을 법으로 삼고 해와 달을 증인 삼아 백년해로하여 보세."

하니 좌중이 모두 축하해 주었다.

잔치의 마지막 곡이 연주된 뒤 모두 돌아가니 자정이 되었다. 비단이불을 펼치고 불을 끄고 누워 남녀 간 깊은 정을 나누니 이 사랑 이 연분을 비교할 수 없을 만했다.

〈사랑가〉를 부르는데,

* 육례(六禮) 혼인 예식을 할 때 행하는 여섯 가지 의식. 납채(納采)·문명(問名)·납길(納吉)·납징(納徵)·청기(請期)·친영(親迎)을 말한다.

무숙의 호탕한 마음과 가냘픈 의양의 가는 허리 바드득 내 사랑이야,

동정호 칠백 리 달 비친 가을에 무산같이 높은 사랑이야,

물과 하늘이 맞닿아 차마 눈이 미치지 않는 푸른 바다처럼 넓은 사랑이야,

동정호 가을 달같이 맑고 밝게 비치는 사랑이야,

만장폭포 물결같이 굽이굽이 도는 사랑이야,

광목 안고 입 맞추며 서로 안고 보는 초승달 정신이야,

이 연분 이 사랑 산이 무너지고 물이 다 마른들 잊을쏘냐.

하며 왈짜 우두머리 무숙이와 야무진 의양이가 서로 노래를 주고받는다.

어찌 이토록 늦게야 서로 만났던가?

봉황곡 지어내어 탁문군을 안아 본 듯,

강남의 미녀, 수천의 옥골, 땡기 끝에 진주,

옷고름에 밀화장도, 새벽바람 연초롱도 너를 보니 그만이리.

- 무산(巫山) 중국에 있는 산 이름. 초(楚)나라 양왕(襄王)이 낮잠을 자다가 무산에 사는 신녀(神女)를 만나 사랑을 나누는 꿈을 꾼 것에서 유래해 남녀가 정을 나누는 것, 또는 그 정이 아기자기함을 나타낼 때 주로 쓴다. 꿈에서 두 남녀가 운몽(雲夢)이라는 곳에서 만날 때 아침에 구름이 끼고 저녁에 비가 내렸다고 하여 이로부터 남녀가 정을 맺는 것을 '조운모우(朝雲暮雨)'라 하고, 이를 줄여 흔히 '운우지정(雲雨之情)'이라 부르게 된 것이다. 양왕의 꿈을 '무산몽(巫山夢)'이라고도 한다.
- 광목(廣木) 무명실로 너비를 넓게 짠 베.
- 탁문군(卓文君) 한나라의 부호였던 탁왕손(卓王孫)의 딸로, 과부가 되어 친가에 와 머물다가 손님으로 온 풍류 가객 사마상여(司馬相如)의 거문고 소리에 반해 밤중에 집을 나와 사마상여에게 가 그의 아내가 되었다. 그리고 사마상여가 탁문군을 사모하여 녹기금이라는 거문고를 연주하며 불렀던 노래가 〈봉황곡(鳳凰曲)〉이다.
- 옥골(玉骨) '옥같이 희고 깨끗한 골격'이란 뜻으로, 고결한 외모와 풍채를 지닌 사람을 표현할 때 쓴다.
- 밀화장도(蜜花粧刀) 밀랍 같은 누른빛이 나고 무늬가 있는 호박으로 장식한 칼.

날아가는 선학도 너의 태도 당할런가?

때단 족두리, 비단 발막, 독의홍상 가화 차려 무릎 찾아가.

어주축수 흐르는 물에 거주 없이 띄웠으면 홍도벽도 무색하고,

교초보래 비스듬히 차고 벽화관에 너울 씌워 사각봉에 앉혔는데도

천생 선녀로 아니 보는 놈은 지어미와 성교할 놈이로다.

사랑 사랑 사랑이야, 삼경 달 다 져 간다.

멀리 있는 마을에서 닭 우는 소리 어찌 저리 자주 날꼬?

이렇듯 노래 부르며 노니 의양이도 무숙이도 정신이 나간 듯 아주 미쳐 난리가 났다.

무숙이, 의양에게 호화로운 살림집을 차려 주다

며칠 뒤 무숙이 속으로 생각하기를 집의 터전인 세간은 서서히 주는 게 좋겠다 싶어 핑곗거리를 먼저 찾았다. 핑곗거리를 대더라도 요긴한 것을 생각해 한 군데만 청해도 좋으련만 이 잡놈이 소신이 굳지 못하고 물정을 몰라 상의원 침선비에게 삼백여 냥을 빌리고 공조의 행수와 부행수에게서 사백여 냥을 빌렸다. 또 약방의 장무서원에게서 오백여 냥을 빌리고 부제조 대감에게서 천 냥을 빌리는 등 이래저래 빌린 돈이 사오천 냥에 이르렀다. 그 뒤 모두가 찬성하고 합의하여 부부가 된 뒤에 살림살이를 들이고 잔치를 벌였다.

화개동 경주인집을 오천 냥에 짓기로 하고 내수사 목수를 불러 사랑 앞에 와룡으로 담을 치고, 석수장이를 불러 인공으로 다듬은 돌로 면을 치고, 전후좌우에 꽃 계단을 만들고는 거기에 모란, 작약, 영산홍, 사철나무, 측백나무, 전나무, 아름드리 큰 복숭아꽃 등을 심어 밝고 환하게 늘어서도록 했다. 매화를 좋은 화분에 심고 푸르른 소나무 대나무를 여기저기 심어 놓고, 꽃 중의 군자 연꽃은 봄빛 어린 연못에 심었다. 홍도나무 꽃과 벽도나무 꽃, 매화나무 꽃가지가 한바탕 불어온 회오리바람에 흔들리는 모습이 기이하고, 화분에 담긴 치자나무, 동백나무, 유자나무 역시 신비롭기 그지없다. 외국 갔다 오는 사신 편에 부탁하여 구한

* **대단(大緞)** 중국 비단의 하나.
* **비단 발막** 돈이 있거나 상층 사람들이 신던 마른 신의 하나. 신발의 코끝을 넓적하게 만들고 거기에 가죽 조각을 대어 흰 분칠을 했다.
* **녹의홍상(綠衣紅裳)** 녹색 저고리에 붉은 치마. 흔히 처녀가 곱게 차려 입던 대표적인 옷차림에 해당한다.
* **어주축수(漁舟逐水)** 고깃배는 물을 따른다는 뜻으로, 중국 시인 왕유(王維)가 쓴 시 〈도원행(桃園行)〉에 '어주축수애산춘(漁舟逐水愛山春, 고깃배는 물을 따라 가며 봄산을 사랑한다.)'이라는 시구에서 가져온 표현이다.
* **홍도벽도(紅桃碧桃)** 신선이 사는 세계에 있다는 전설상의 붉은 복숭아와 푸른 복숭아.
* **교초보대(嬌草寶帶)** 화려한 꽃과 보옥으로 장식한 허리띠.
* **너울(羅尤)** 조선 시대 궁중이나 상류층 부녀자들이 외출할 때 얼굴을 가리기 위해 쓰던 쓰개.
* **지어미와~놈** 부모에게 효도하는 것을 가장 중시하던 조선 사회에서 모친을 성적 대상으로 삼아 상대를 심하게 비하할 때 쓰는 욕.
* **상의원(尚衣院)** 조선 시대 임금의 의복과 궁 안의 재화(財貨)와 보물 등을 관리하고 공급하던 관청.
* **침선비(針線婢)** 상의원에 소속되어 의복의 재봉을 담당하던 기녀.
* **공조(工曹)** 조선 시대에 산림·연못·공장(工匠)·건축·도기 제작·철 제련 등에 관한 일들을 관장하던 부서.
* **장무서원(掌務書員)** 조선 시대 서원(書員)의 우두머리.
* **부제조(副提調)** 조선 시대에 잡무와 기술 계통의 중앙 부서에서 겸직으로 각 관아를 통솔하던 정3품 당상관 벼슬직.

오색붕어는 유리항에 넣어 키우고, '뚜루루낄룩' 날개 벌린 백연새, 앵무새, 학두루미를 길들였으며, 청삽살개는 완자담 일광문을 지키게 하고, 머리 희고 얼굴 까만 개는 천석 노적가리 밑서 잠을 자게 하고, 황소 두 마리는 양지 바른 곳에 마구간 지어 듬직하니 세워 두었다.

방 안 꾸민 것을 보니, 두꺼운 장판지를 깔고 당지로 벽을 바르고 꽃버들 무늬 휘장을 둘러치고 개천도를 벽에 걸어 항상 볼 수 있게 했다. 또 대모병풍에 삼국지연의도, 구운몽도, 유향도며 관동팔경 좋은 그림을 그려 놓았다. 그 밖에 화류평상, 금패 서안, 삼층 장롱, 각계수리, 오시목으로 만든 온갖 문갑, 자개함롱, 반닫이며, 대모책상, 산호필통, 사서삼경 온갖 책을 쌓아 두고, 담비 가죽으로 만든 휘장, 호랑이 가죽으로 만든 휘장, 왜포 청사 모기장을 은근히 드리우고, 평생 먹을 유밀과와 평생 쓰고도 남을 당춘약, 진옥 새긴 별춘화도, 청강석, 백강석과 호박, 산호, 청백옥 모두 들여 온갖 가화칠보 새겨 유리 화류장을 꾸며 내어 보기 좋게 놓아두고, 천은 요강, 순금타기, 흰 구리로 만든 재떨이, 백문 설합, 샛별 같은 대강선에 철침 퇴침 등받이에 큰 거울 작은 거울, 오도독 주석 놋 촛대에 양초 박아 놓아두고, 유리 양각등을 달고, 홍전, 백전, 몽고전과 진지 보초 모탄자와 각색 금침 수십 벌과 십성진품 갖은 패물, 좋은 모물 걸어 놓고, 산삼, 녹용, 부경 잡탕, 경옥고, 팔미환, 사물탕, 쌍화탕을 오래도록 복용하고, 금은보화 비단 포목을 산같이 쌓아 놓으니 사절 의복 아홉 벌에 멀미증이 절로 나고, 고량진미 어육포식 보기 좋게 쌓였으니, 씀바귀나물, 시래기,

- **완자담** 만(卍) 자 모양으로 만든 담.
- **유향도(劉向圖)** 중국 전한(前漢) 시대의 학자인 유향(劉向)을 그린 그림. 그는 《열녀전(烈女傳)》,《열선전(列仙傳)》 등을 지었다.
- **금패서안(錦貝書案)** 빛깔이 누르고 속이 맑은 호박으로 만든 책상.
- **오시목(烏枾木)** 먹감나무. 무늬가 아름다워 가구를 만들 때 자주 썼다.
- **반닫이** 앞면 상반부를 상하로 열고 닫는 문판(門板)을 가진 단층 의류용 궤짝.
- **당춘약(唐春藥)** 중국에서 만든 최음제(催淫劑). 최음제는 남녀의 생식기를 자극해 성적 욕구를 불러일으키는 약.
- **별춘화도(別春畫圖)** 남녀 간에 성교하는 모습을 그린 그림.
- **천은(天銀)** 불순물을 모두 제거하고 얻어 낸, 품질이 가장 좋은 은(銀).
- **백문(白文)** 음각을 새겨 만든 무늬.
- **퇴침(退枕)** 갸름하게 직사각 상자 모양으로 만든 남성용 베개. 안에는 작은 서랍을 짜 넣었는데 그 서랍 안에 남성은 구급약이나 방향제를, 여성은 화장용품을 넣어 두었다.
- **오도독 주석** 아주 노란 빛깔의 주석.
- **십성진품(十成珍品)** 품질이 뛰어난 진귀한 물건.
- **경옥고(瓊玉膏)** 모발을 검게 하고 치아를 나게 하며 백병을 제거한다는 보약의 하나.
- **팔미환(八味丸)** 숙지황(熟地黃), 산약(山藥), 산수유(山茱萸), 목단피(牡丹皮), 백복령(白茯苓), 택사(澤瀉)로 만든 육미환(六味丸)에다 육계(肉桂)와 부자(附子)를 더해 만든 약으로, 흔히 정력제로 쓴다.
- **사물탕(四物湯)** 빈혈과 두통에 효과가 좋은 탕약의 하나.

된장 덩이, 산채나물이 새 맛이라. 먹고 입는 것이 부족함 없고 근심 걱정이 없으니 석숭과 의돈 같은 부자를 부러워할 리 없었다.

이렇듯 호사한 생활을 즐기는데, 행실을 잘 조절하여 본부인 집과 첩의 집 살림 모두 서로 섭섭하지 않게 하면 한평생 넉넉하게 지낼 수 있으련만, 무숙이의 미친 마음은 장래 일을 생각하지 않은 채 돈 쓰기만 하고 남만 도와주려 하니, 손톱 밑 상처를 헝겊으로 싸맬 줄은 알아도 뱃속 창자에 생긴 종기는 모르는 격이라, 무숙의 무식을 능가할 사람이 누가 있겠는가?

매일 삼사백 냥의 돈을 펑펑 쓰고, 온갖 풍류를 아는 한량들과 명기명창 노래 들으며 하루 잠깐 놀아도 거의 천 냥을 탕탕 쓰되, 일가친척이나 노비들에게는 한 푼도 쓰는 일 없으니, 사농공상 중에 벗어진 놈, 무뢰한 잡놈, 허황되고 착실하지 못한 놈들 중에 무숙이가 최고였다. 돈은 쓰기 나름인데, 열 냥 쓸 곳에 천 냥 쓰고 천 냥 쓸 곳에 한 냥 쓰니, 여러 가지로 인심을 많이 잃은 게 바로 무숙이었다.

무숙이는 이런 잡놈이었지만, 의양은 옳은 마음으로 평생 해로하자 하여 세간을 거두어 노는 날 없이 부지런히 새벽 다섯 시 무렵부터 일어나 행주치마 둘러 입고 빗자루 들고 나와 마당을 쓸고 호미 들고 풀을 매는 등 노속들에게 솔선수범하며 살림을 가르치니 누추한 기생이란 명색은 이제는 다 사라졌다. 그 대신 정 많은 부부로 해로하며 더 이상 과거의 더러운 이름을 후대에 남기지 않겠다는 곧은 마음 하나만을 갖고 살고자 하는데, 무숙이는 술만 먹고 돈만 쓰고 또 하는 일마다 제대로 되지 않는다. 의양이 가장이 이러하고 믿을 자식과 일가 동생이 없어 낙망한 나머지 맥이 탁 풀리고 평생 자신의 팔자를 누구에게 의탁할까 걱정하여 울화병이 날 지경이었다.

돈 쓰고 노는 데 이골이 난 무숙이 좀 보소

하루는 의양이 기막힌 꾀를 생각해 내고는 기쁜 얼굴로 무숙이의 마음을 떠보려 말했다.

"저 또한 평양같이 번화한 곳과 서울의 남북촌에서 호걸남자 오입쟁이들이 돈 쓰고 노는 이야기는 몇 번 들어서 알고 있었지만, 서방님처럼 돈 잘 쓰고 잘 놀며 멋을 아는 이는 우리나라에 없을 듯합니다. 서방님의 간질간질한 정에 지쳐 나 죽겠소이다."

무숙이 이 말을 듣고 기뻐하며 말하기를,

"자네가 내 돈 쓰며 노는 모습을 구경하면 가히 볼만한 거야."

하니 의양이 속으로 점점 겁도 나는 한편, 괘씸한 생각도 들어 맞장구치며 말했다.

"호기 있게 노는 것과 돈 쓰는 구경을 한번 보고 싶습니다."

무숙이 즐거워하며,

• **석숭과 의돈** 진나라 때 부자인 석숭(石崇)과 춘추시대 노나라 때 부자인 의돈(猗頓). 중국 역사상 가장 부유한 부자를 언급할 때 흔히 이 두 사람을 말한다.

"그 일이 뭐 그리 대단하다고. 산에 가서 하는 노름 보여 줄 테니 내 기구를 보소."

하고는 유산노름을 벌려 설치한다.

쇠북, 장구, 금고, 생황, 양금, 해금, 젓대, 퉁소, 피리 새 것으로 장만하는 데 천여 금이 들었다. 이원공인 일등육각 방짜 의복, 새 갓, 망건, 중도호사 좋은 패물 영락없이 호사시켜 백총마 태워 주고, 거문고 명창, 가야금 으뜸, 퉁소 생황 양금의 으뜸, 남창의 으뜸인 풍류랑을 의관 호사 능란하게 자단 목재로 새로 만든 가마를 각각 꾸며 가마꾼 검은 옷한 벌 각각 꾸며 내세웠다.

8월의 군자 같은 외모에 가을 연못 가득 핀 연꽃 같은 홍련이, 요염한 자태에 고운 옥가락지 끼고 금가루 뿌려 한껏 화장으로 치장한 봉선이, 산에는 아직 푸른 복숭아꽃 다 피지 않았지만 집 안에는 봄기운이 가득한 듯한 화봉이, 십 리 무산 구름 안개 가운데 화복 벗던 채선이, 수원 화산 양명옥 등 십여 명의 이름난 기생들은 한껏 호사단장 치장하고 가화칠보로 단장한 후 앞서거니 뒤서거니 걸어갔다. 이때 평양집 의양이는 홀로 타는 가마를 별도로 차려 앞에 가고 무숙이는 그 뒤를 따라갔다.

탕춘대에서 화전놀이를 한 뒤, 창의문 밖으로 나가 육각삼현 길군악 구경을 하고, 복적골에 가 복숭아꽃이 핀 경치를 감상하고 세검정을 구경했다. 그리고 백연동에 나는 학을 바라본 뒤 도봉산 망월사를 거쳐 수락산 폭포수와 산영루에서 바람을 쐬었다. 북한산 태고사를 다 둘러본 뒤에는 남한산성 홍화문을 쉬엄쉬엄 올랐다. 남단의 망월봉에 오른 뒤 옥천 국청사로 돌아들 때, 서장대를 구경하고 범해암에 가 잠깐 쉰 뒤

흥천사 흥덕사와 내불당 원객사와 양강 신흥사와 성터까지 구경하니 십여 일이 지났다.

이렇게 진창 놀다 집에 오니 이제는 유산도 즐겁지 않고 풍류소리도 귀찮고 맛난 음식도 맛이 없는 데다 몸살로 병이 나 수삼 일을 크게 앓아누웠다. 의양이 이렇게 놀며 쓴 돈을 계산해 보니 십만 금이 넘었다. 아무리 석숭 같은 부자라 할지라도 견딜 수 있겠는가. 의양이 귓구멍이 콱 막혀 자고 먹는 일조차 불안하지 않을 수 없었다.

"이번 노름에 십만 냥 넘게 썼습니다. 씀씀이가 이다지 크니 세상 천지에 누가 서방님을 본받고자 하겠습니까?"

그러자 무숙이도 이에 질세라 대답했다.

"그까짓 돈 쓴 것이 뭐 그리 대단하다 하오?"

의양이 이 말을 듣고 기가 막혀,

"그럼 그 잘난 솜씨로 노름하며 돈을 쓰면 어떻게 쓰시오?"

- **쇠북** 종의 일종. 《시경》에서는 종묘 제사 때 조상신을 부르던 악기로 썼다.
- **금고(金鼓)** 쇠나 청동으로 만든 북. 흔히 두들겨서 소리내는, 원반 형태의 금속제 악기.
- **이원공인(梨園工人)** 궁중에서 음악과 연주를 담당하던 장악원(掌樂院) 소속 악기 연주자. 이원은 장악원의 별칭.
- **방짜** 좋은 물건, 또는 좋은 사람을 속되게 부르던 충청도 사투리.
- **화복(華服)** 물을 들인 천으로 만든 화려한 옷.
- **양명옥(梁明玉)** 경기도 화성 출신의 실존 기생. 《청구영언》(육당본)에 보면 1829년에 진찬정재(進饌呈才)를 위해 선상된 그녀가 지은 시조('꿈에 뵈는 님이 신의(信義) 업다 하것마난 / 탐탐(貪貪)이 그리올 졔 꿈 아니면 어이 보리 / 져 님아 꿈이라 말고 자로자로 뵈시죠.')가 수록되어 있다.
- **육각삼현(六角三絃)** 길군악 해금·피리2·젓대·장구·북 등의 악기를 가지고 길 위에서 행진하며 연주하는 음악.

하니 무숙이 대답하기를,

"뱃놀이 노름을 해 볼 터니 구경이나 잘 하소."

했겠다.

미친 사람마냥 무숙이가 뱃놀이 시설을 차리는데, 하인을 통해 한강 사공과 뚝섬 사공을 급히 불러서는 놀이용 배 두 척을 만들어 낸다. 넓이는 삼십 발, 길이는 오십 발 되게 만드는데, 물 한 방울도 들어오지 않게 평평한 물건처럼 단단히 묶으라 하고 한 명에게 천 냥씩 내어주니 두 섬 사공이 밤낮으로 배를 만들었다.

그 뒤 삼남 지방 최고 광대와 보조자 예닐곱 명을 급히 불러 잘 꾸민 채로 준비시키고, 좌우편에는 훈련도감의 포수를 급히 부르고 산대놀음 할 때 필요한 새 화복과 새 탈을 뱃놀이할 때 대령하라며 이천 냥씩 내 준다.

정읍, 동막, 창평, 화동, 목골, 함열, 성불의 일등 거사와 명창, 사당 골라 빼어 이삼십 명 심부름꾼을 시켜 불러오고, 산대놀음을 위해 총융청 악기 연주자들을 배에 태우고, 드디어 놀음할 날을 택하니 가을 음력 7월 16일이었다.

배를 띄워 낚시하며 나아갈 때, 흰 포장막과 서양에서 들여온 가는 천과 몽고삼승, 구름무늬의 햇빛 가리개, 꽃돗자리, 청사등롱, 수파련을 부려 꽂고 삼승 돗 묶어 좌우로 갈라 붙이고, 보계판을 비껴 대어 강 위를 육지 삼아 만들어 놓았다. 좌우 임시 무대에서 하는 만석춤은 구름 속에 넘노는 듯하고, 사당 거사 집 짓는 소리는 허공에 낭자하고, 관기들은 소리 높여 어부사로 화답했다.

서빙고와 압구정을 돌아들어 동작, 노량진과 용산, 마포, 서강과 양화도 따라 노 저어 가노라니, '두 강물은 금실금실 제비 꼬리처럼 갈라지고 세 산은 가물가물 자라 머리처럼 떨어져 있네. 다음 해에도 비둘기 장식 지팡이 집고 걸을 수 있다면 우리 함께 푸른 물결 향해 갈매기와 벗하여 나아가리라.' 시 한 수 절로 읊지 않을 수 없었다. 적벽강이 아니면 채석강이 이에 비길 수 있을까?

한없이 넓은 바다에 흘리저어 일사청풍 들어오니 봄바람이 부는 삼월 좋은 계절에 맑은 흥과 운치가 호탕하다. 버드나무는 천만 가지요 안개구름은 제 삼색이며, 사죽소리 곳곳이요 매 날리는 아이들은 앞서거니 뒤서거니 하여 다투는 듯하다. 고기 잡는 어부들은 크고 작은 고기 낚아 회도 뜨고 탕도 끓여 실컷 먹는다.

명창 광대 각기 소장 나는 북 들여놓고 일등 고수 서너 명을 팔 가르

• **총융청(摠戎廳)** 조선 인조 때 설치한 군영. 경기 지역 일대를 방어하는 일을 했다.
• **몽고삼승(蒙古三升)** 몽골에서 나는 삼승 베. 삼승은 올이 굵고 거친 베를 말한다.
• **수파련(水波蓮)** 잔치 때 쓰는, 종이로 만든 연꽃.
• **보계판(補階板)** 잔치나 큰 모임이 있을 때 손님들이 많이 앉을 수 있도록 대청마루에 잇대어 만든 임시 마루용 좌판.
• **만석(曼碩)춤** 고려 시대 만석이란 중의 파계(破戒)를 풍자한 춤.
• **두~나아가리라** 고려 시대 시인 이인로(李仁老)가 쓴 7언 율시 〈韓相國江居(한상국의 강변 처소에 머물며)〉의 후반부 시구(이수용용분연미(二水溶溶分燕尾) / 삼산묘묘격오두(三山杳杳隔鼇頭) / 타년약허배구장(他年若許陪鳩杖) / 공향창주압백구(共向滄洲狎白鷗)'를 인용한 것이다. 강변에 지은 한상국의 별장에서 바라본 강의 지형과 환경을 완상하는 마음을 담고 있다.《동문선(東文選)》제13권에 실려 전한다.
• **일사청풍(日射淸風)** 내리쬐는 햇볕에 시원한 바람.
• **사죽(絲竹)소리** 관현악기의 소리.

쳐 나가는데, 우춘대의 화초타령, 서덕염의 풍월성, 최석황의 내포제, 권
오성의 원담소리, 하은담의 옥당소리, 손등명의 짓거리, 방덕희의 우레
목통, 김한득의 너울가지, 김성옥의 진양조, 고수관의 아니리, 조관국의
한거성, 조포옥의 고등세목, 권삼득의 중모리, 황해천의 자웅성, 임만엽
의 새소리, 모흥갑의 아귀성, 김제철의 기화요초, 신만엽의 목재주, 주덕
기의 갖은 소리, 송흥록의 중항성, 송계학의 옥규성을 차례로 시험한다.
이때 송흥록의 거동 보니, 소년 행락 몹쓸 고생 흰머리는 어지럽게 헝클
어지고 기침은 매우 심하고 기질은 약하고 기운은 없지만, 노장 귀곡성
에다 단장성 높은 소리 하나만큼은 푸른 하늘에 밝게 빛나는 해가 진동
할 법했다.

　명창 소리 모두 듣고, 십여 일을 강산에서 싫증날 만큼 놀고 각기 처
소로 돌아갈 때에 좌우편 도감포수에게 각각 천 냥씩 내주고, 사당 거사
모두 불러 한 명에게 백 냥씩 사례금을 주어 다 보내고, 명창 광대 모두
불러 수고했다 치하하고 한 명당 칠백 냥씩 수고비를 주어 돌려보냈다.

---

* **우춘대(禹春大)** 18세기 후반~19세기 초반에 활동한 명창이다. 우춘대의 〈화초타령〉이 가장 이른 시기의
  더늠으로 알려져 있다.
* **최석황** 충청 지역을 중심으로 전승된 소리를 '내포제(內浦制)'라 부르는데, 내포제에 뛰어났던 인물이다.
  가곡창에 능했던 것으로 보인다.
* **하은담(河殷譚)** 하한담(河漢談)으로도 불린다. 가장 이른 시기에 활동한 소리 광대로, 판소리의 시조(始
  祖)로 평가된다.
* **김성옥(金成玉)** 19세기 전반에 활동한 명창으로 충남 강경 출신이다. 판소리 집안 출신으로, 김성옥은 송
  흥록의 매부일 뿐 아니라, 명창인 김정근(金定根)의 부친이며, 명창 김창룡(金昌龍, 1872~1943)·김창진(金
  昌鎭, 1875~?) 형제의 할아버지기도 하다. 김성옥은 염계달(廉季達)과 더불어 충청도 중심의 중고제 소리
  의 법제를 마련한 인물로 평가된다.

- **고수관(高壽寬)** 헌종~철종 대에 활동한 명창으로, 임기응변에 능했다고 한다. 특히 〈춘향가〉 중 '자진 사랑가'는 그의 더늠으로 잘 알려져 있다.

- **권삼득(權三得)** 19세기 중반까지 활동한 명창으로, 양반가문 출신의 소리 광대를 일컫는 말인 '비가비 광대'로 유명하다. 〈흥보가〉를 잘 불렀는데, 현재 전승되고 있는 더늠 중 가장 오래된 것이 바로 권삼득의 〈흥보가〉 중 '놀보 제비 후리러 나가는 대목'이다.

- **황해천(黃海天)** 정조~순조 때 활동한 초기 명창. 자웅성(雌雄聲)에 특기가 있었다고 한다.

- **모흥갑(牟興甲)** 판소리 8명창 중의 한 사람이다. 천민 신분의 소리꾼이었지만, 그 실력을 인정받아 고종으로부터 동지(同知) 벼슬을 제수받았다. 평양 감사의 초청을 받아 평양 연광정(練光亭)에서 판소리를 부를 때에는 10리 밖까지 들리게 했다는 일화도 전한다. 신위(申緯)의 관극시(觀劇詩)에 당시 판소리 명창으로 '고·송·염·모(高·宋·廉·牟)', 곧 고수관·송흥록·염계달·모흥갑을 언급했으며, 신재효(申在孝)의 〈광대가(廣大歌)〉에도 모흥갑을 중국의 시성(詩聖) 두보(杜甫)에 비견되는 인물로 평가하기도 했다. 〈적벽가〉에 능했으며, 〈춘향가〉 중 '이별가'가 그의 더늠으로 전한다.

- **김제철(金齊哲)** 충북 청주 출신의 판소리 8명창 중의 한 사람. 안민영(安玟英)의 《금옥총부(金玉叢部)》에는 1842년에 안민영이 명창 주덕기와 함께 송흥록의 집을 방문했을 때, 김제철과 명창 신만엽(申萬葉), 송계학 등과 만나 수십 일동안 즐겁게 지냈다는 기록이 보인다. 김제철은 가야금 병창제와 비슷한, 온화하고 명랑한 노래풍의 석화제를 도입한 인물로 평가된다. 신재효(申在孝)는 그의 〈광대가(廣大歌)〉에서 '김선달(金先達) 제철(劑喆)이난 담탕(淡蕩)한 산천영기(山川靈氣) 명랑한 산하영자(山河影子) 천운영월(川雲嶺月) 구양수(歐陽修)'라고 노래하고 있는데, 그가 구사하던 명랑하고 유현한 창법을 중국 시인인 구양수에 비교하고 있다. 당시 사람들은 그를 '가중처사(歌中處士)'라 불렀다. 〈심청가〉 중 '심청 탄생 대목'이 그의 더늠으로 전한다.

- **신만엽(申萬葉)** 전북 여산 출신으로 송흥록·모흥갑·염계달의 후배이자 김제철·박유전과 동년배로 8명창 중의 한 사람으로 꼽힌다. 석화제라는 경쾌한 소리제를 잘해 '사풍세우(斜風細雨) 신만엽', 곧 '비껴 부는 바람과 가늘게 내리는 비처럼 부드럽게 소리하는 신만엽'이라는 별명을 얻었다. 〈토별가〉를 잘 불렀으며, 그의 더늠으로 〈토별가〉 중 '토끼 배 가르려는 대목'이 있다.

- **주덕기(朱德基)** 전남 창평 또는 전북 전주 출신으로 원래 송흥록과 모흥갑의 고수(鼓手)로 오랜 동안 수행하다가 나중에 깊은 산에 들어가 소나무 수천 밑 둥지를 베어 놓고 주야로 수련하여 득음을 했다는 일화가 전한다. 신재효는 〈광대가〉에서 그를 송나라의 시인 소식(蘇軾)과 비교했다. 〈적벽가〉 중 '조자룡 활 쏘는 대목'을 특히 잘 불렀다 한다.

- **송흥록(宋興祿)** '판소리의 가왕(歌王)'으로 불리는 명창 중 명창. 전북 운봉 출신으로 명창 송광록의 형이기도 하다. 실력이 출중했을 뿐만 아니라 진양장단을 처음 도입하여 소리를 짜고, 우조(羽調)와 계면조(界面調)를 섞은 오늘날의 판소리 선율을 만들어 발전시켰다. 신재효는 〈광대가〉에서 그를 중국의 시선(詩仙) 이태백(李太白)에 비유하면서 그의 변화무쌍한 판소리 기교를 '독보건곤(獨步乾坤)'이라며 칭송했다. 귀신이 우는 듯한 느낌의 귀곡성(鬼哭聲)에 능통했던 그의 더늠은 '천봉만학가'이다.

- **송계학(宋啓學)** 자세한 정보는 없지만, 안민영(安玟英)의 《금옥총부(金玉叢部)》에 당대 명창들과 어울려 지냈다는 기록이 보인다.

- **우춘대의~옥규성을** 각주에서 설명한 인물들 외에 언급된 8명, 곧 서덕염, 권오성, 손등명, 방득희, 김한득, 조관국, 조포옥, 임만엽에 관해서는 알려진 것이 없다.

- **귀곡성(鬼哭聲)** 귀신의 울음소리처럼 슬픈 감정을 나타낼 때 사용하는 소리.

- **단장성(斷腸聲)** 간장을 끊는 듯이 매우 슬픈 소리.

그리고 잔치에서 먹던 음식 허다한 음식 중에 산삼 정과 한밥이 잔뜩 있었으니 그 값 또한 적지 않았다. 물건 나간 것을 모두 기록한 뒤 계산해 보니 삼만삼천오백 냥이었다.

의양이 정신이 나간 듯 깜짝 놀라 거울과 화류문갑, 장판을 내던지며 말하기를,

"여보시오, 김 서방님. 노름도 정도가 있고 돈 쓰는 것도 분수가 있지. 당신이 갑부 석숭이 외조부라도 되고 의돈이 장인이라도 된다 말이오? 그대 집에서 편지가 왔습디다. 그대 아내가 불쌍하지도 않습니까? 땔감과 먹은 게 없어 굶어 죽을 지경이라며 가엾고 불쌍한 사연을 담은 편지입니다. 그 많은 선물과 공물, 집안 세간 살림 수없이 팔아서 저런 사람들 후원하려고 저 큰돈을 장기로 대출받고 말을 빌린다고 빚을 지니, 불쌍한 규중 여자만 울화통이 터져 죽을 지경이군요. 차라리 눈 빠지고 혀 빠져 피를 토하고 바로 죽어 버리는 게 낫겠습니다.

가난한 때 고생을 함께한 아내는 훗날 잘살게 되어도 절대 버려서는 안 된다는 사실을 어찌 모릅니까? 나 같은 천한 계집이야 겉 다르고 속 달라 하루에도 열두 번 마음이 바뀐다지만, 세상 사람들이 나로 인해 그대가 방탕해지고 함부로 돈을 펑펑 쓰는 줄로 여겨 나한테 하는 더럽고 고약한 욕을 가만히 앉아 벼락 맞듯이 하기라도 할까요? 그대가 잘난 탓에 바랄 것이 더 뭐 있겠습니까만, 수달피라 좆 핥으며, 매미라 입 막을

수 있겠습니까?

없네, 없네, 돈이 없네. 쓰잘 데

것도 바랄 수 없네. 아니, 에이, 여기

있소. 소반에 가득한 맛있는 음식이 여기 있

소. 그대 준비한 음식 실컷 먹고 돈 받은 놈들이

돌아서면 욕이나 하고 그대 죽어도 슬피 울 놈 아무도

없지만, 그대 부인만은 옆에 있을 것이오.

* **한밥** 한껏 배불리 먹는 음식이나 밥.
* **좆** 남성의 성기를 비속하게 이르는 말. 요즘 '매우', '정말로' 등의 의미로 젊은 사람들이 사용하는 '존나 /
  졸라'라는 말은 원래 이 '좆'에서 기원한 속된 표현이다.

이 자식아, 쓸개 빠진 김무숙아. 남을 동정하는 마음 많고 멋 부리는 일이 너와 삼생의 원수로구나. 눈은 높고 마음은 크나 재주 없는 그대의 대책 없는 행동 때문에 네 집 처자는 피가 나니 노랫소리 높은 곳에 원망소리 높다는 말이 바로 그대 두고 하는 말이라오."

하니 무숙이가 어이없어 하며 말하기를,

"내가 세상에 태어나 여한 없이 좋은 행락과 이목의 즐거움을 누리니, 이제 죽어도 한이 없소. 가소롭다, 어찌 이 세상에서 헛되이 세월만 보내겠소. 꽃이 피면 시들더라도 언젠가 다시 피는 날이 있지만, 사람은 늙으면 다시 젊어지지 않는 법. 우리 인생 늙어 죽어 북망산천 돌아갈 때, 붉은 깃발 하나 앞세워 행색이 처량하다면 처자식이 따라오며 부귀영화 묻어오겠소? '누구든 제 먹을 것은 타고난다.'는 옛사람의 말을 자네는 모르는가? 설마 굶어 죽기야 하겠소?"

한다. 의양이 더욱 기가 막혀,

"잘났다, 잘났어. 옛사람 중에 고집불통으로 망신당한 걸왕과 주왕을 그대는 모르시오? 은나라 주왕은 신하 비간의 충언을 듣지 않고 자기 고집만 부리다 목야에서 죽었고, 초나라 회왕도 고집부리며 굴원의 말을 듣지 않다가 결국 진무관에 갇혀 불쌍히도 원통한 혼령이 되지 않았소. 진시황 또한 고집부리며 부소의 말을 듣지 않더니 이 대만에 나라가 망했소. 그러한 영웅열사들도 고집 부리다 결국 망했거든, 하물며 그대 같은 소인이 천성을 고치겠소? 말리는 내가 바보요, 바보. 그대 하고 싶은 대로 신명나게 놀아 보소."

한다.

의양, 본부인과 마음을 통하다

의양은 마음이 좋아 자신에게 화가 되고 재앙이 될 줄 알면서도 탄식한
뒤 편지 하나를 써서 몰래 심복 사환을 통해 무숙이 아내에게 부쳤다.
무숙이 아내가 의양의 편지를 받아 자세히 읽어 보니 편지 내용은 다음
과 같았다.

계동 마님께 글월을 올려 문안을 아뢰옵니다. 소첩에게 베푼 정 깊이 간직하
며 지내고 있습니다. 봄기운이 창창한데 기운 안녕하신지 우러러 바라옵니다.
불초한 의양이는 지방의 천한 기생으로 약방에 잡혀와 시사로 있었는데, 다행
히 군자의 사랑을 입어 천첩이 되어 남편을 받들게 되었습니다. 그러나 서방
님이 마음과 행실을 바르게 닦아 수행하는 일을 모르시고 날마다 언행과 성
질이 도리에 어긋나고 더러워 늘 주색에 빠져 음탕한 생활을 하여 집안 재산
을 돌보지 않으니, 불과 일 년도 안 되어 천금만재를 모두 다 탕진하고 거의
죽을 지경이 되었음에도 불구하고, 위로 종사를 보전하지 못하고 그다음으
로 아기씨 목숨과 어린 자식을 맡길 방도가 없게 되면 패가망신과 온갖 누명
을 쳐 의양이가, 뒤집어쓰고 구설에 오르게 될 것이 뻔한데, 이 아니 원통한 일
이겠습니까? 이리저리 생각해 보아도 서방님의 허황하고 착실하지 못한 마음
을 가라앉힐 길이 없습니다만, 아무래도 서방님이 풍진고락과 치사한 일, 그

• 부소(扶蘇) 진시황의 첫째 아들로, 부친에게 분서갱유가 잘못되었음을 깨우쳐 주려다가 도리어 미움을 받
아 귀양을 갔다.
• 시사(時仕) 아전이나 기생 등이 자신이 속한 관아에서 맡은 일을 행함.

리고 부끄러운 일을 많이 당하고 굶주리고 추위에 떨며 한심하게 지내야 서러움도 느끼고 뉘우치고 개과천선할 수 있으리라 생각됩니다. 그러니 아기씨가 모른 척해 주시고 의양이가 박대한다면 서방님도 허물을 뉘우치고 스스로 꾸짖을 때가 올 것입니다. 위와 관련해 말씀드릴 것이 산과 바다처럼 많지만, 마음이 혼란스럽고 가슴이 자꾸 막혀 간단히 아룁니다. 의양은 머리가 땅에 닿도록 두 번 절하며 이만 줄이겠습니다.

무숙이 아내가 이 편지를 읽고,
"네가 평양집 사환인가? 편지를 보니 의양이란 기생은 뛰어나고 점잖은 여자요 의리가 있고 기특하도다."

하고는 답신을 하려 벼루에다 먹을 가는데, 눈물이 뚝 떨어지는 것이 마치 엇비슷하게 부는 바람과 가늘게 내리는 비와 같았다. 붓대를 잡아 쓴 글자마다 눈물에 젖었다. 편지를 써서 하인에게 주며 의양에게 몰래 전하라 했다. 의양이 편지를 받아 보니 그 사연인즉 이러했다.

뜻밖의 편지를 받으니 즐거움이 그지없네. 사연을 자세히 보니 자네가 의롭고 점잖은 사람인 줄 알겠네. 넓고 푸른 저 하늘아, 이게 누구 때문인가? 부위부강은 오륜 가운데 으뜸인데, 요즘 서방님이 남들의 이목 무서운 줄 모르고 자포자기한 사람마냥 심술을 부리니 처자식과 식솔들이 갈 곳이 없도다. 여자의 몸으로 원한을 품고 고통스러워하는 것은 세상 여자들이 갖는 요망한 일이지만, 장강비는 〈백주〉라는 시로 절개를 지켰고, 반첩여는 쓸모없는 부채처럼 남편에게 버림받았어도 원한이 없었도다. 거기에는 미치지 못한다 할지라도 장부가, 하지 못할 일이 없다고 여기는 마음과 창피스러운 일들을 내가, 씻어 버릴 생각은 하지 못했었는데, 평양집은 어떠한 사람이기에 일마다 옳게 하고 남의 깊은 속마음까지 꿰뚫어 볼 줄 안단 말이오? 한 가지 일에 능하면 다른 일에도 형통하다는 것을 내가, 어찌 모르겠소? 종사를 돌아보아 서방님을 건져 내

* **부위부강**(夫爲婦綱) 직역하면 '남편은 아내의 벼리가 된다.'는 뜻으로 벼리는 그물의 굵은 줄을 말한다. 이는 남편이 아내의 근본이 된다는 것으로, 남편과 아내 사이에 지켜야 할 근본 도리를 말한 것이다. 유교의 강령인 '삼강오륜(三綱五倫)' 중 삼강(三綱)의 하나다.
* **장강비**(莊姜妃)**는~지켰고** 중국 위나라의 공백이란 이가 일찍 죽자, 그의 아내인 공강이 부모의 재가 권유를 끝내 물리치고 자신의 굳은 절개를 나타내는 시 〈백주〉를 지었다고 한다.
* **반첩여**(班婕妤)**는~없었도다** 한나라 성제(成帝) 때 총애를 받았던 후궁. 처음에는 어질고 우아하여 성제가 그녀를 무척 좋아했으나, 뒤에 미모와 노래, 춤이 뛰어난 조비연(趙飛燕) 자매가 궁에 들어오자 총애가 식었다. 이에 스스로 물러나 태후를 모시며 살았다.

면 죽은 뒤에 은혜에 사례하고 사당에 제사할 것이니, 부디 수십 년 썩은 애간장을 평양집이 헤아려 모든 일을 주도면밀하게 도모하기를 바라노라.

의양이 답장을 읽고 하염없이 눈물을 흘리니 옷자락이 모두 젖었다.

"천지간 몹쓸 무숙이가 이런 여군자, 어진 아내를 몰라보다니……. 나 같은 천첩이야 오래 계속 함께 있지 못하겠지만, 꽃이 지면 나비도 오지 않는 법. 늙어지면 나도 고생될 것이니, 이번에 단단히 고쳐 놓아야 겠어."

무숙이 개조 프로젝트는 시작되고

이날부터 의양이는 하인 막덕이와 함께 몰래 약속하고 한마음으로 힘을 합해 무숙이를 결단 낼 계책을 세웠다.

"막덕아, 너는 내가 말하는 대로 명심하고 거행하거라."

이렇게 신신당부를 했다.

하루는 막덕이를 불러 이르기를,

"서방님이 인색하지 않은 양반이라 돈 잘 쓰고 멋도 알고 동정심도 많아 순식간에 돈을 써 버리나, 돈이 없으면 발광하여 울화증이 날 것이다. 그러니 몸뚱아리 외에는 남은 것이 없도록 패물과 목물, 수정과 모물, 금침과 금옥진보, 그리고 온갖 세간 물건을 모두 하루라도 빨리 팔아 버려라."

하니 막덕이가 골목 어귀 길가로 내달려 예인군 백여 명과 약속하고 모두 지게 지고 들어와서는 방 안 세간 온갖 그릇과 물건을 모두 져 내갔다. 의양은 깊이 궁리한 것을 건기에 모두 적어 봉한 뒤 길게 쓴 편지를 평양에 사는, 자신의 수양아버지에게 부쳐 물건들을 단단히 간직해 줄 것을 부탁했다. 그리고 막덕이에게도 소문이 새어나가지 않도록 당부를 했다. 막덕이는 세간 짐을 경주인집 안사랑에 힘껏 쌓아 간직해 놓았다.

한편 집에 그나마 있던 돈 천 냥을 밖으로 빼돌려 세간 살림을 팔아 구해 온 돈이라며 무숙이에게 주니, 천하의 잡것 무숙이는 아무것도 모른 채 그 돈을 가지고 나가 그날부터 또 골패 노름을 시작했다. 잡기에 으뜸인 오입쟁이 네다섯 명을 불러 밤 노름을 하는데, 좌우에 쌍 촛불을 켜놓고 판을 차려 노름을 하는 것이었다. 홰홰 둘러 패를 치는데, 무숙이는 관이를 잡고 격을 칠 때, 사방을 둘러보니 삼칠이는 쌍기를 잡고 좌우편 대사와 사십 이상 차이가 남에도 불구하고, 무숙이만 현금을 내놓고 노름하는 것이었다. 사오 차로 대격을 치르고 남은 돈이 얼마인가 탈탈 털어 보니 두 돈 오 푼밖에 없었다. 그러니 세상에 전하는 속담 중에 '일천 냥이 두 돈 오 푼이다.' 하는 말은 무숙이가 돈 쓰던 것을 일컫던 말이었다.

간신히 친척 동생의 돈까지 다 모아서 노름판을 털고 나온 무숙이가 그날 밤 외삼촌 댁을 찾았다. 집에 이르러 조용히 말하기를,

---

* **관이를~때** '관이'는 골패 등 노름할 때 처음 시작하는 사람을 가리키며, 격을 친다는 것은 자신이 바라는 끗수를 내놓는 것을 말한다.

"이번에 오는 길에 외삼촌 안부도 여쭙고 대사를 경영하려는데 의논을 드릴까 해서 왔습니다."

하니,

"대사를 의논하려 한다니 그것이 무엇이냐?"

물었다.

"사실은 제 부모님의 무덤이 훼손되는 일이 많기에 부득이 무덤을 옮겨 다시 장사 지내려고 묏자리를 구하던 중 다행히 지관 박상의를 만나 네다섯 달 동안 묏자리를 본 뒤 땅을 정했습니다. 요즘 사람들이 흔히 '살아 진천 죽어 용인'이라고들 하는데, 용인 땅 한 자리가 풍수지리로 볼 때 매우 길한 땅이라 백여 가구 모여 사는 큰 마을이 가장 욕심이 날 수밖에 없었습니다. 그런데 그곳을 임의로 쓸 수 없기에 그곳 마을 사

람들이 새로운 터전을 잡아 옮길 수 있도록 촌민의 허락을 받아 값을 만
냥으로 정했습니다. 오천 냥은 미리 지급했고, 나머지 오천 냥이 있는데,
이것은 평안도와 황해도에서 곡물 운반선 십여 척을 끌고 영남 창원과

● **지관**(地官) 풍수지리설에 의거해 묏자리나 집터의 길흉을 판단하는 사람.
● **박상의**(朴尙義) 풍수지리에 능했던 조선 후기 지관.

마산포로 내려 간 차인꾼들이 수만 석을 팔고 올 때 돈을 다 써 버렸습니다. 이에 돈이 말라 잠깐 외삼촌께 돈을 빌릴 수 있을까 하여 왔습니다만."

이렇듯 그럴듯하게 꾸며 말을 하니, 세상 물정 어두운 외삼촌은 무숙의 말을 곧이듣고는,

"네가 돈이 말랐다니 칠산 앞 바다의 물이 마른 듯, 구룡소 메기가 된 듯하구나. 서울의 갑부였던 네가 돈이 말라 나 같은 외삼촌에게 돈을 빌려 달라 하니 하늘이 웃을 일이로다. 네가 연안 주인을 아느냐?"

"동소문 밖에 사는 김 오위장 말씀입니까?"

"그래. 내가 돈 오천 냥을 그 집에서 받기로 되어 있으니, 네가 가서 찾아 쓰도록 해라."

"그런 일이 있다니, 잘되었습니다. 감사합니다."

외삼촌의 환표를 받아 떠나려 하니 외삼촌이 말하기를,

"이곳까지 오느라 고생했는데, 또 걸어 돌아가면 다리 아파 어떻게 가겠느냐? 내 말을 타고 가거라."

하고는 사백여 냥이나 주고 산 말 위에 순금 안장 얹고 호랑이 가죽 깔고 마부까지 대동하도록 베풀어 주었다.

무숙이가 며칠 만에 집에 도착해서는 의양에게 장담하며 말하기를,

"내가 누군데 돈이 마를까 보냐?"

으스대며 하인을 시켜 환표를 갖다 부쳤더니, 그 이튿날로 돈을 실어 보내왔다.

우선 천 냥 돈을 막덕이에게 주며 말하기를,

"비단 가게에 가 외상값 모두 갚고 다시는 울지 마라."
하니 막덕이가 돈 천 냥을 찾아다 평양집 의양이에게 맡기고는 무숙이한테는 갚았다며 거짓으로 말했다.

몹쓸 무숙이는 외삼촌이 준 말까지 사백 냥에 팔아 버리고 사환에게는 노비를 딸려 돌려보냈다.

그런데 이 잡놈은 돈이 없으면 사람 구실 할 것 같다가도 돈만 보면 도로 미쳐 하루 종일 취하고 난잡하게 놀기 일쑤였다. 날마다 사랑방 친구들과 서로 사귀어 노는데, 묻는 이마다 잡기 노름하는 이들이었다. 열 냥 내기 대강치기, 닷 냥 내기 수투전, 백 냥 내기 쌍륙치기, 가귀노름, 순부동을 밤낮으로 일삼으니, 사천 냥 남은 돈을 사흘 만에 다 없애 버렸다. 이런 잡놈 무숙이는 묏자리가 나빠 낳은 놈인가? 실성발광 미쳤는가? 귀가 얇은 무숙이는 친구의 옳은 말은 원수같이 핀잔하고 권면하는 말은 웃어넘기다가 패가망신했으니 삶아 죽일 인사로다.

- **차인(差人)꾼** 장사할 때 옆에서 시중드는 고용인.
- **동소문(東小門)** 서울에 있는 여덟 성문 중 하나인 혜화문(惠化門)을 달리 이르는 말.
- **환표(換標)** 편지 형태로 주고받던 일종의 지급 명령서로, 편지를 받은 사람이 거기에 적힌 액수대로 돈을 지불하되, 만약 지불할 의사가 없으면 편지를 개봉하지 않고 '퇴(退)' 자를 써서 돌려보냈다.
- **대강치기** 노름의 일종.
- **수투전(數鬪牋)** 사람, 꿩, 노루, 말, 물고기, 새, 말, 토끼 등이 그려진 여든 장의 투전을 가지고 하는 노름의 일종.
- **쌍륙(雙六)치기** 여러 사람이 편을 갈라 돌아가며 두 개의 주사위를 던져 나오는 숫자만큼 말을 써서 먼저 궁에 들어가면 이기는 놀이.
- **가귀노름** '가귀'는 골패나 투전 등에서 사용하던 다섯 끗을 일컫는 말로, 가귀노름은 엿 다섯 끗 뽑기를 내기하던 노름을 뜻한다.

의양이는 계속 막덕이만 붙잡고 당부할 뿐이었다.

"아무쪼록 결단만 내거라."

무숙이는 즐거운 기분에 스스로를 위로하다가 하루는 새벽녘에 흥에 겨워한다. 막덕이가 동창 밑에 앉아 맛치목을 손질하다가 '애고애고' 하고 우니 무숙이 깜짝 놀라,

"네 무슨 일로 우느냐?"

물었다.

"서방님도 잠을 깨고 아기씨도 잠을 깨어 내 우는 이유를 들어 보십시오. 비단 가게에 외상을 갚았기에 마음을 놓고 있었는데, 어제 해질 무렵 광통교를 건너가니 수표교에 사시는 안 직장님이 급히 불러 크게 짜증내며 말씀하시기를, '너의 상전 아무개가 흥성한 것을 생각해 여기저기 내가 변통하며 지금까지 지내왔으나 나한테 빌린 돈은 끝내 갚지 않고 입 싹 닫고 있으니 그런 잡것이 또 있느냐?' 하며 더러운 욕을 하며 길가에서 망신을 주시니 부모 같은 서방님을 거리에서 사람들마다 욕하는 소릴 들으며 어찌 제가 더 이상 살 마음이 있겠습니까?"

했다. 이에 무숙이 화를 내며,

"아니, 그 외상값이 얼마라고 하더냐?"

물으니 막덕이가 대답하기를,

"순금 봉채 오백 냥, 산호죽절 이백 냥, 밀화 가락지 마흔닷 냥, 밀화장도 엽자 귀이개 일백서른닷 냥, 밀화불수 팔십 냥, 산호 귀이개 사십 냥 모두 합해 계산하니 일천삼백마흔 냥이니 이를 어찌 갚겠습니까?"

하는 것이었다.

무숙이 이에 '허허' 웃으며,

"내 수중에 그것을 갚을 만한 돈은 있다. 엽자동곳 팔면 한양에서 근 칠십 냥은 족히 받을 것이고, 밀화 호박 대모 금패 칼 네 자루를 흥정하면 제아무리 도둑놈이라도 오백 냥은 받을 수 있을 것이며, 잘 배자 두루마기는 거의 사백 냥 주고 샀지만 삼백 냥은 받을 것이고, 전등거리 두루마기는 이백오십 냥 주었으나 이백 냥은 족히 받을 것이다. 만약 이것으로도 부족하거든 사행 의복까지 모두 내주마."

하고는 분합문을 열어 물건들을 꺼내 준다.

"자, 여기 있다. 가져가 팔거라."

막덕이 필요한 물건들을 챙겨 장부에 적은 뒤 또 평양 주인에게 갖다 맡겼다.

다음 날 밤이 되고 새벽이 되자, 막덕이가 또 걱정 근심이 가득한 얼굴로 탄식하기 시작한다.

"애고애고, 이제는 살 수 없겠구나. 무엇을 입고 무엇을 먹으며 살까? 이제는 더 이상 팔 만한 물건도, 전당잡힐 물건도 없고 빚낼 수도 없구나. '백 가지 폐해가 함께 일어난다.' 하더니만 살림살이에 이 일 막으면

* 맛치목(齒木) 이를 닦거나 혀를 긁는 데 쓰는 나뭇조각. 기능상 오늘날 칫솔과 유사하다. 보통 버드나무를 이용해 만드는데, 한쪽은 뾰족하고 다른 한쪽은 납작하다.
* 봉채(鳳釵) 봉황을 새겨 놓은 비녀.
* 죽절(竹節) 대나무를 깎아 만든 비녀.
* 밀화불수(蜜花佛手) 밀랍같이 누런빛이 나는 호박으로 부처 손 모양으로 만든 여성용 노리개의 일종.
* 잘 검은담비의 털가죽.

저 일이 터지고 아침 식사하면 저녁 식사 걱정하게 되니, 한 달 연명하기
도 힘들겠네. 집이나 팔아 움막 짓고 살면 남은 돈으로 그럭저럭 살 순
있을 텐데, 집이나 팔면 어떻겠습니까?"

무숙이 이 말을 듣고 화를 내며,

"허허, 이 무슨 흉한 말이냐? 집을 팔다니."

하며 자신이 입은 아래옷과 윗옷을 모두 활활 벗어 주며,

"자, 여기 있다. 이 옷을 팔아 땔감 나무라도 변통하거라."

하니 막덕이 그 옷들을 집어 들고는 또 조른다.

"이것을 판다 한들 몇 냥이나 되겠습니까? 오늘 살더라도 내일을 걱정
해야 하니, 아무리 해도 집 팔기만 하겠습니까?"

그제야 무숙이 버럭 화를 내며 칼을 꺼내 들고는 '뎅그렁' 제 상투를
썩 베면서,

"자, 여기 있다. 빗질하여 월자전에 갖고 가면 닷 냥은 족히 받을 것이
다. 이제는 목 베면 피만 나올 뿐, 더 이상 나올 게
없다. 그러니 다시는 울지 말거라."

했다. 이에 막덕이는 평양 주인에게 돈을 또 갖다
맡기고, 상투는 곱게 빗어 자기 낭자똬리를 하는
것이었다.

돈이 궁해진 무숙이, 한숨은 깊어만 가는데

한편 무숙이는 전당 잡힌 촛대처럼 아랫목에 우두커니 앉아 생각을 하고 있었다. 잠결에, 홧김에 한 일이 후회막심이었다. 그러나 입을 것이 없어 막덕이의 큰저고리를 허리까지 내려 입고, 의양의 떨어진 가래바지를 입고 앉으니 허리가 무척 시렸다. 그리고 개가죽을 두른 채 화롯불만 쬐고 앉았는데, 더벅머리가 눈을 가끔 가리니 대강을 내두르며 손가락으로 가르마를 타고 밀지름으로 재고, 대자대님으로 잔뜩 동여맨 모습이었다. 배고파 앉아 있는 모습은 천하잡놈치고 가관이 아닐 수 없다. 번화한 의양의 집에 허다한 무숙의 친구들이 드나드는데, 지각없는 무숙이는 급작스럽게 졸장부가 되어 버렸으니 답답하고 민망하기만 하다.

무숙이와 같이 놀던 대전별감 김철갑이 이 소문을 어떻게 들었는지 무숙이를 놀래 주려 찾아왔다. 당당홍의 증초립에 여기저기 기웃거리며 들어와 부르기를,

"무숙이, 자네 있는가?"

하니 무숙이 부끄러워 골방에 들어가 숨어 버렸다.

- **월자전**(月子廛) 가발을 파는 가게.
- **낭자똬리** 여성들이 짐을 머리에 일 때 머리에 받치는 고리 모양의 물건으로, 짚이나 천을 틀어서 만든다.
- **가래바지** 밑이 트인, 치마 속에 입는 바지.
- **더벅머리** 더부룩하게 난 머리카락.
- **밀지름** 밀기름. 밀랍과 참기름을 섞어서 끓여 만든 머릿기름을 말한다.
- **대자대님** 남자들이 옷 입을 때에 바짓가랑이 끝을 묶어 주던 커다란 끈.
- **증초립** 누런 빛깔의 가는 대를 걸어 만든 갓인 초립에 비단을 두른 것. 붉은 옷(당당홍의)에 누런 갓(증초립)을 쓴 것이 별감들의 복식 중 하나였다.

김 별감이 문을 열고 의양이를 쳐다보며 말하기를,

"주인은 평안하시오? 근래에 얼굴이 안 좋아 보이더니만 이리 지쳤단 말인가? 이 녀석은 어디 갔나?"

하니 의양이 웃음을 참으며 대답하기를,

"큰댁에 가셨습니다."

하면서 골방을 향해 눈짓하니, 김 별감이 빵긋 웃고는 골방에 숨은 무숙이 속 터지게 하느라고 의양의 손길을 잡고 말장난도 치며 둘이 일부러 연기를 한다. 말장난이 싫증나자, 서로 잡고 구르면서 입 맞추고 옆구리도 간질이며,

"놓아 주오. 체면도 없소. 간지럽소. 징그럽소."

연신 소리치며 욕도 하고 '희희', '하하' 떠들며 잘 놀았겠다.

김 별감이 일어나며,

"내일이 도목인데, 궐내에 급한 일이 있어 오늘 여기서 오래 놀면 탈이 날지 모르니 다음에 다시 오겠네."

하며 작별을 했다.

무숙이가 골방에서 화를 참지 못해 눈동자가 돌아간 상태로 방망이를 들고 나와 와락 던지고, 의양의 머리채를 칭칭 감아 잡고 이리저리 둘러 '퉁탕' 치고 가슴과 이마를 치며 탄식한다.

"이년아, 이 잡것아. 원래 네 마음이 저러했더냐? 내가 아무리 이 지경이 되었다고 다른 사내에게 마음을 주고 나를 골방에 두고 잘도 노는구나. 그래도 나는 네년 때문에 간장이 썩어 문드러지더라도 네 뜻대로 살려 했더니만, 이제 내 몸은 뼈만 남고 늙어 갈 수밖에 없구나. 나를 얼마

나 안다고 그런 버릇을 보일 수 있단 말이냐?"

한바탕 소동을 벌인 뒤 물러앉으며 '후유' 하니 이번에는 의양이 달려들어 무숙이의 수염을 움켜잡으며 말한다.

"애고, 이 원수야. 내가 하고 싶은 말을 네가 하니 염치없는 사람이로다. 세간 좋은 재물을 네가 모두 다 없애고 거지 꼴 되었는데도 강짜 하나는 있어 이렇게 큰소리를 치다니. 쯧쯧쯧……. 네가 수양이 덜 되고 지식이 부족해 가산을 없애고 몸을 망친 것이지 그것이 어찌 내 탓이냐? 네가 똑바로 했다면 내 마음이 변했을까? 가까이에 친척 하나 없고 한양에서 믿을 만한 사람이란 너 하나뿐인데, 누구 믿고 살라고 삐뚤어진 행실뿐이냐? 내가 정식 혼례 치르고 너와 사는 것도 아니고, 피차간 정이 있어 만난 연분이지만 자칫하면 싸움이나 하고 탕탕 치고 화부터 내니 너와 살다가는 내장에 종기 생겨 죽을 것 같다. 외로운 이내 몸, 내 뼈가 모래사장에 드러난들 고이 묻어 줄 이 누가 있을까? 한양에서 갑부가 너라고 하더니, 일 년도 못되어 거지가 된 것이 나 때문이더냐? 사기그릇으로 밥 먹고, 장판방이 껄끄럽다 하고, 맛있는 반찬도 맛없다 하고, 경옥고를 물로 알고 마시고, 인삼 녹용 남부럽지 않게 먹고 살던 내가 부들자리 된장 덩이로 죽을 지경 되었어도 약 한 첩 못 먹으니 이게 모두 네 탓이라. 할 수 없이 빌어먹을 너를 믿고 나도 함께 굶어 죽을

• **도목(都目)** 해마다 음력 6월과 12월에 중앙과 지방 관리의 업무 성과를 종합 조사하여 그 결과에 따라 영전·좌천 또는 파면을 시키던 인사 조치.
• **강짜** 이성 간 친구나 부부 사이에서 지나치게 시기하여 생기는 마음.

까? 그래도 어떻게든 살아 보려 내 몸가짐 삼가고 아끼며 살았더니, 개 꼬리만도 못한 네 마음 네 천성이 어딜 갈까 보냐? 제발 내 말 잘 들으소. 이 세상에서 불쌍한 것이 뭔지 아오? 글 선생 집에서 곁방살이하는 처자식과 배고프다고 우는 아이, 그리고 낭군이 그리워 우는 아내들이라오. 여자가 한을 품으면 오뉴월에도 서리가 내리는 법이니, 네가 어찌 잘될 수 있을까? 자기 몸 하나 제대로 건사하지 못하는 이는 이 세상에 너 하나뿐이니, 차라리 날 죽여라, 날 죽여. 이제 나도 더 이상 사는 것도 귀찮다."

이 말을 들은 무숙이 다시 한숨을 쉬며 대답한다.

"네 말을 들어 보니 후회해도 너무 늦은 것 같네. 꼬리치며 동정을 구걸하는 것은 부끄러운 일일 것이오. 네 말을 듣고 지나온 일 생각하니 깨닫는 바가 있소. 한마디 말만 하겠소. 잘 있으오. 잘 있어. 나는 가겠소. 나는 돌아가지만 허약한 네 몸이 나 때문에 속이 상해 병이 날까 염려스럽네. 너와 함께 백 년을 살기로 약속했던 것이 하루아침에 허사가 되었네. 이 지경이 된 것을 누굴 원망하겠소. 옛말에 이르기를 장부가 돈이 없으면 죽기 마련이라더니 그 말이 맞소. 내 모양이 이 꼴이니 내가 떠나는 게 가장 좋은 방법이네. 한때지만 부부라 여겨 불시에 여기서 허세 부리며 매질한 일, 행여 나 돌아간 뒤 원망하는 마음일랑 남겨 두지 말고 잘살기만을 바라네. 살기 어려운 이 세상에서 가장 중요한 것은 웃음을 잃지 않는 것이라네."

말을 마친 뒤 '후유' 하고 다시 한숨을 길게 내쉬고는 막덕이 손을 잡고, "너도 부디 잘 있거라. 네 보기가 미안하다. 아기씨 잘 모시고 병나지 않도록 잘 보살펴 드려라."

한다. 대문 밖에 나서니 막덕이가 내달려 와 말하기를,

"사정이 이러하니 가실 수밖에 없으시겠지만, 아기씨의 옳은 마음을 달리 의심 마시고 서러운 일 많거든 다시 오십시오."

한다. 비처럼 흘러내리는 눈물과 바람처럼 나오는 한숨을 억누르며 큰 길가에 나와 주위를 둘러보니 전에 함께 놀던 친구가 모르는 척하며 지나간다. 높이 솟은 남산과 녹음이 우거진 멋들어진 서울 풍경, 떨어지는 물과 흘러가는 푸른 구름을 쳐다보니 목이 더욱 메었다. 좀스런 아이들은 돌멩이를 던지면서,

"낮도깨비 저기 간다."

놀려 댔다. 더벅머리 날려 펄펄, 가래바지 다리 사이로 바람이 드렝드렝, 이러지러 부딪치며 허리 도막 개가죽은 찬바람에 너울너울, 버선 없이 맨발바닥 가락을 오그리고 덩검덩검 수백 리를 걸어 황혼녘에 처자식이 사는 집을 찾아간다.

처자식의 비참한 삶

남의 안방에 딸린 방에서 살고 있는 처자식에게 들어가 볼 면목이 없어 굴뚝에다 엉덩이를 대고 동지섣달 불개 떨듯 사지를 한데 모으고 몸을

※ **불개** 영주 근처 소백산에 살던 토종 개로, 털, 눈, 코, 발톱 등이 모두 붉은색을 띤다.

웅크려 앉으니, 천하잡놈 무숙이의 꼴이 말이 아니었다. 이때 네다섯 어린 자식들의 속 타는 말소리가 들려왔다.

"어머니, 밥 좀 주오. 아버지는 어디 갔소? 돈 두 푼만 있어도 팥죽이라도 사 먹고 그렁저렁 밤을 지낼 텐데…… . 벽 떨어진 냉돌방 지푸라기 위에 누워 오늘 밤도 추워 어찌 잘꼬?"

무숙이 아내가 하는 말이,

"낸들 무슨 죄가 있으며 너희도 무슨 죄가 있겠느냐? 몹쓸 너희 아버지는 우리 모자가 이리 된 줄 알고나 있을까나? 옛사람들이 '정 각각, 흉 각각'이라 했다지. 보고 지고 보고 지고."

이 말을 들은 무숙이 또한 기가 막혀 더운 피가 눈 밖에 솰솰 쏟아질 듯했다. 그러면서 들어갈까 말까 주저할 때에 무숙의 막내아들이 또 기막힌 말을 한다.

"애고, 어머니, 아버지가 어떻게 생긴 분이신가요?"

"무슨 말이냐?"

"조금 전에 잠깐 잠이 들었는데, 꿈에서 아버지라 하는 어른이 나타났어요. 그분은 키가 도리암직하고 얼굴도 곱상하고, 망건 앞 살이 훤하고 구렛나루가 가무스름하고 머리엔 송낙을 쓰셨고 등에 개를 업고 구름 타고 하늘 위로 빙빙 올랐어요."

무숙이 아내가 깜짝 놀라 울며 말했다.

"애고, 이게 무슨 말이냐? 너희 아버지가 죽은 게로구나. 찾아 나설 수밖에 다른 방법이 없다."

무숙이 속으로 웃으며 말하기를,

"부자의 천륜과 부부 간 중한 의를 오늘에야 알겠구나. 내가 굴뚝에 앉아 있었더니, 부엌에서 불을 때면 연기가 날 것이고 그 연기는 구름을 의미하는 바, 요 녀석의 꿈이 보통이 아니로다."

하고는 안으로 쑥 들어가 아내 앞에 넙적 엎드리며 말한다.

"내 볼기를 치시오."

무숙의 아내가 기가 막혀 '애고' 놀라 소리치며 목을 안고 얼굴을 대고 말한다.

"이 꼴이 웬일이오. 이리 될 줄 모르셨소? 호협한 남자 오입하기는 혹시 상사요 패가망신은 불시 예사이고 빌어먹기는 지름길이거나 팔자로 알고 있었는데, 부모님이 물려주신 몸이 이 지경이 되고 더벅머리가 되었으니 이게 웬일이란 말입니까? 놀기 좋아하고 돈 쓰기 좋아해 모든 일은 다 잊었다 한들, 자식들 생각해서라도 한 달에 한 번이나 두 달에 한 번 지나는 길에 잠깐 들어와 어떻게 살고 있나 들여다볼 걱정이나 해 보셨소?

패가망신해 지금까지 삯바느질하기, 빨래하기, 방아로 곡식 찧기, 밥 짓기 등 여기저기 품을 팔아 겨우 설날, 한식, 단오, 추석날 사당에 차례와 제사를 지내며 지냈는데, 아무리 애통한들 어느 누가 이해할 수 있겠소? 내 몸 한번 만져 보오, 어디 살 한 점 있나. 피골이 상접하여 목숨이

---

* **도리암직하고** 얼굴은 동글납작하고 키는 자그마하면서 몸맵시가 있다는 뜻.
* **송낙** 흔히 여자 승려가 쓰는 모자. 소나무에 기생하는 식물인 소나무겨우살이(송라)로 짚주저리(볏짚을 이용해 우산 모양으로 만든 덮개) 비슷하게 엮어 만들었기에 모자 이름을 '송라(松蘿)'에서 가져와 '송낙'이라 부른다. '송라립(松蘿笠)'이라고도 한다.

경각에 달렸거늘, 오늘에야 돌아오니 나 죽거든 장사하여 선영 아래 묻어 주오. 자식들 데리고 살아 보면 내 마음을 그제야 이해할 것이오."

　이렇듯 애끓는 소리를 듣자, 목석 같은 무숙인들 아니 깨우칠 수가 없었다. 부부가 얼굴을 서로 맞대고 뒹굴 듯 우니 초목도 모두 눈물을 흘리고 흘러가는 구름도 머무는 듯했다. 어린 자식들도 목이 메어 무숙이

한테 달려들며,

　"아버지, 아버지."

부르고는 서로 껴안고 얼굴을 문지르며 말하기를,

　"어디 갔다 이제 오십니까? 다시는 가지 마세요. 보고 싶어 죽겠어요.

어디 다시 가시려면 우리도 따라가서 죽든지 살든지 하겠습니다."

한다.

무숙이 아내가 하는 말이,

"눈 내리고 추운 겨울날 춥기도 하려니와 시장할 때도 많이 지나 부황증이 다 났구려. 배가 고플 테니 밥이나 잡수시오."

하고는 아랫목에 묻어 둔 콩밥 한 그릇에 데운 물 갖다 준다. 무숙이 수저를 들더니 이모저모 두루 뭉쳐 두 술 반에 다 먹고 물 한 그릇 쭉 들이켜고는,

"이제야 살겠구나."

한다.

무숙의 막내아들이 이를 보더니,

"어랍쇼. 아버지는 밥을 참으로 기가 막히게 잘 드십니다."

한다.

부디 무숙이의 마음을 잡아 개과천선케 하옵소서

이렇듯 무숙이가 망신을 곳곳에서 당하며 그럭저럭 지낼 무렵, 의양이는 무숙이 간 뒤에 눈물이 비가 되고 가슴이 탁 막혀 한스럽고 곧은 마음 대문 닫고는 두문불출한 채 근심 걱정으로 지내니 음식을 먹어도 맛이 없고 잠자리도 편안하지 않고 밤낮으로 긴 탄식만 절로 나올 따름이었다. 그러나 하늘을 향해 두 손바닥을 대고,

"무숙이가 부디 마음을 다잡아 개과천선하게 도와주소서."

비는 것이었다.

의양은 철석같은 여인이었다. 열 번 찍어 안 넘어가는 나무가 없다지만 기생 중의 열녀로 심사 사나운 수많은 오입쟁이와 중매 할멈이 아무리 유혹해도 결코 넘어가는 일이 없었다. 의양이가 무숙이가 허물을 뉘우치고 개과천선하기만을 기다리고 있을 때, 무숙의 아내는 여러 자식이 굶어 죽을 지경에 이르자 장옷 쓰고 밖에 나가 구차스럽지만 목숨만 보전하여 살자 하는 심정으로 사방에 애걸하며 다니고 있었다. 무숙이는 마음은 호협하고 눈은 높지만 재주가 없어 이 형국에 이르고 만 것 아닌가? 스스로 탄식하기를,

　　"죽자 하니 아직 청춘이요, 살자 하니 망신이구나. 죽고 싶은 마음 간절하지만 불쌍한 처자식을 돌보지 못하고서 죽어 버린다면 구천에 돌아간들 죄가 없을까 보냐? 사람의 자식이 되어 어찌 아내가 구걸해 얻어 온 밥을 먹고 앉아 있을 수 있으랴"

하고는 귀하게 자란 무숙이가 품팔이라도 해서 생계를 유지해 나가기로 마음먹었다. 술집에 들어가 술상 심부름하기, 국수집에 불 때 주기, 철초전에서 담배 개기, 화사발집에서 물 짓기, 정방자대 심부름하기, 과거 시험 방목 사환 노릇하기, 유산군으로 가마 메기, 초상난 집 연번군 노릇

• **부황증(浮黃症)** 오래 굶주려서 피부가 들떠서 붓고 누렇게 되는 증세.
• **철초전** 담배 가게를 가리키는 듯하다.
• **정방자대** 방적을 하는 곳에서 실을 꼬는 공정을 가리키는 듯하다.
• **방목(榜目)** 과거 시험 합격자 명부.
• **유산군(遊山軍)** 산에 놀러 갈 때 양반이 탄 가마를 메고 가는 가마꾼 또는 심부름꾼.
• **연번군(延燔軍)** 장례를 치를 때 등을 들고 가는 사람.

하기, 병든 사람 업고 가기, 활인막에 상직하기, 마전장에서 빨래하기,
유대군의 상여 메기, 급한 사람 편지 전하기, 외방 주인 삿전 걷기 등 닥
치는 대로 일을 했다.

　그러나 아무리 벌어도 생계를 꾸려 나가는 데엔 턱없이 부족하고 없던
병만 탕탕 생겨나니, 한심하기 그지없고 눈물만 날 뿐이었다. 눈이 오는
추운 겨울날, 양지바른 모퉁이에 가 쭈그리고 앉아 방천신도 할 길 없어
설렁탕집 부엌간에서 거적 하나 덮고 있으면 다행이었다. 그리고 새벽달
뜰 때까지 부잣집 오입쟁이들이 창녀를 끼고 오입하는 노름판에서 장고,
피리 연주에 맞춰 들려오는 〈청성 자진한잎〉, 별곡 지화자 좋은 소리가
달빛 아래서 진동할 때마다 무숙이 자신이 예전에 자주 듣던 소리임을
속으로 알아차리곤 했다.

　　　"애달프다, 내 인생이여. 아무리 인생이 새옹지마라지만, 갖
　　은 풍류 일등 호사는 어디 가고 내 꼴이 이게 무엇인가?"
　　　또다시 주위를 쳐다보니, 서울의 넓은 길에 포도부장
　　별감과 오입쟁이 왈짜들이 방자하게 행동하는데
　　크게 취해 걸음걸이가 어식비식하고 고래고래
　　　　　노래를 부르는 것이었다.

무숙이 주먹으로 땅을 치며,

"나하고 다른 처지의 사람들이구나. 꽃 피는 좋은 시절 산놀이 가는 협객들은 일등 기생 승교 태워 앞서거니 뒤서거니 기생에게 잘 보이려고 없는 맵시 있는 듯이 정성껏 꾸미고 부채질하며 난리를 떨곤 했지. 나 역시 그렇게 웃고 놀았었는데 지금 나에게 거적자리가 무슨 일인가? 내 탓이로다 내 죄로다. 서러운 일을 보려니 속 터져 나 죽겠다. 저런 일은 지금까지 원 없이 하며 놀았으니 한이 없거니와 불쌍한 내 아내와 자식들이 죽을 지경에 이른 것은 누구 탓이란 말인가?"

계속 의기가 북받치어 원통해하며 슬퍼할 따름이었다.

설렁탕집 부엌간에 떼적을 의지하여 거적 한 조각 추켜 덮고 죽을 둥 살 둥 잠을 자고자 할 때, 평양집 막덕이가 대바구니를 옆에 끼고 그 앞으로 지나가다가 무숙이 잠든 것을 보고는 귓구멍이 막히고 눈물이 절로 흘러 무숙이를 흔들어 깨우며 말한다.

"서방님, 일어나세요. 정신 차리고 자세히 보세요. 이게 무슨 잠자리입니까? 지난 일 생각하면 이리 될 줄 누가 알았겠습니까? 이 말 저 말 핑

- **활인막(活人幕)** 의료를 맡아보던 관아인 활인청에 세워 놓은 막사.
- **상직(常直)** 빠짐없이 하는 당직 또는 숙직.
- **마전장** 천을 표백하는 일을 하는 가게.
- **유대군(留待軍)** 포도청에 딸린 일꾼으로, 주로 상여 매는 일을 담당했다.
- **청성(淸聲) 자진한잎** 대금 독주곡명. 노래 없이 악기로만 연주한다. 〈청성곡〉이라고도 한다.
- **별곡(別曲)** 풍류곡의 대표적인 기악곡인 〈영산회상(靈山會相)〉의 아홉 곡을 곡의 순서와 상관없이 연주하는 것.
- **떼적** 비나 바람 따위를 막기 위해 사용하는 거적.

계대지 마시고 쇤네를 따라가십시다."

무숙이 깨어나 말하기를,

"네 말이 기특하다만, 내 이미 하고자 하던 뜻을 버리고 남과 북의 구별을 두고 나온 집인데 무슨 염치로 다시 들어가며, 집안이 망하고 처자식조차 건사하지 못하는 놈이 굶어 죽거나 얼어 죽은들 누구를 탓하겠느냐? 차라리 이 몰골로 구렁에 빠져 죽는 게 낫지 나는 다시는 못 돌아간다."

하니 막덕이 '하하' 웃으며 말한다.

"옛사람 중에 곤궁하면 부열도 담을 쌓고, 백리해도 소를 몰고, 이윤도 밭을 갈았고, 한신 같은 영웅호걸도 빨래하는 노파에게 의탁하여 밥을 얻어먹고, 여상도 문왕을 만나 가난에서 벗어나 영달하게 되었으니, 가난함과 부유함, 그리고 궁함과 현달함이 각기 때가 있기 마련이라. 잘못을 고치고 마음을 착하게 바꾸면 혹시 때가 있을지 누가 알겠습니까? 어서 빨리 가십시다."

무숙이 할 수 없어 죽지도 못한 채 막덕이를 따라간다.

무숙이, 의양의 사환이 되다

화개동 접어들어 의양의 문 앞에 다다르니, 마음이 울적하고 심란하기만 하다. 사립문에 누운 개는 옛 주인을 몰라보고 '컹컹' 짖고, 후원에 있는 푸른 대나무와 소나무는 창밖의 절개를 보여 주는 듯하고 매화꽃은 옛

소식을 전하는 듯했다. 싸개발에 쑥대강이처럼 흐트러진 머리카락에 거지 몰골을 한 무숙이가 방문을 활짝 열고,

"마누라 평안하오?"

하니 의양이 막덕이를 부르며,

"이 사람이 누구냐?"

한다.

무숙이 기가 막혀,

"허허, 자네가 나를 몰라보니 내 입장이 몹시 난처하군."

했다.

의양이 속으로 우습기도 하고 불쌍해 보이기도 하고 한심스러워 눈물도 나고 서럽기까지 했다. 그러나 이번에 확실히 정신을 차리게 할 생각으로 무숙을 보고도 모르는 체, 들어도 못 들은 체하며 자세를 단정히 하고 정색한 얼굴로 말을 꺼냈다.

- 부열(傅說)도~쌓고 부열은 은나라 고종(高宗) 때의 재상으로, 원래 담을 쌓는 노동자였다가 등용되었다. 《맹자(孟子)》〈고자장구(告子章句)〉하(下) 편에 나온다.
- 백리해(百里奚)도~몰고 백리해는 춘추 시대 우나라 때 대부로, 소를 기르다가 진(秦)나라 목공(穆公)에게 기용되어 그의 패업을 이루게 하는 데 큰 공을 세웠다.
- 이윤(伊尹)도~갈았고 이윤은 은나라 때의 유명한 재상으로, 솥을 짊어지고 은나라 탕왕을 따라다니며 조언과 격려를 한 끝에 그를 왕위에 오르게 했다.
- 여상(呂尙)도~되었으니 여상은 주나라 때의 어진 재상으로, 강태공으로 널리 알려진 인물이다. 주나라 문왕을 도와 나라의 기틀을 다지는 데 큰 공을 세우기 이전에는 끼니를 잇기 어려울 정도로 가난했으며, 그런 와중에 책만 읽어서 아내가 친정으로 달아나 버렸다는 일화가 전한다.
- 싸개발 신발이 없어 헝겊 등으로 아무렇게나 칭칭 감싼 발.
- 쑥대강이 머리털이 마구 흐트러져 어지럽게 된 머리. 판소리 《춘향가》에서 춘향이 이 도령을 기다리며 부르는 '쑥대머리' 대목이 있는데, 쑥대머리가 바로 이것을 뜻한다.

"내가 들으니 의주 막걸리 집에서 허다한 심부름과 품팔이를 잘했다 하던데, 같은 값이면 다홍치마라고 내 집에서 술집 더부살이인 양 생각하고 심부름이나 하면 어떻겠소?"

무숙이 기가 막히지만, 어쩔 도리가 없어 그것을 허락한다.

"그러면 그리 하소."

무숙이 같은 한양의 왈짜 마음이 어찌 이렇듯 옹졸할까마는 세상의 이치란 것이 돈이 없으면 의복이 줄고, 의복이 줄면 모양도 없어지고, 모양이 없어지면 마음까지 옹졸해지는 법이다.

의양이 이르기를,

"그러면 그전같이 말씨를 함부로 하지 말며, 서방님 태도를 보여서도 안 되고, 안방에 오지도 못할 뿐 아니라 다른 사람이 올지라도 모른 척해야 피차 망신당하지 않을 테니, 부디 마음을 착실히 먹고 행동하기 바라오."

하고 당부하니 무숙이 잠깐 생각하다가,

"어, 그것 참, 쉽지 않은 일이나 그래, 그렇게 하겠소."

대답한다.

의양이 행랑방으로 돌아와서는 혼잣말로 말하기를,

"허허, 무숙이가 좋아지고 있군."

하고는 얼굴빛이 환해지면서 소리 내어 웃었다.

의양이 계속해서 속을 떠 보려고,

"중놈아!"

하고 부르니 무숙이 어이없어 하면서,

"좋다, 잘 부른다. 저 소리가 입으로 나오는가?"

하며 발끈 화를 내려 하자 의양이 밀창을 딱 열어젖히며 하는 말이,

　"대답하기 치사하고 아니꼽고 더럽거든 그냥 급히 갈 것이지, 웬 잔말
이시오?"

한다.

　무숙이 어쩔 수 없어,

　"처음부터 너무하시는군."

하나 의양이 웃음을 참고 목소리를 더 크게 소리치기를,

　"중놈아."

하고 부르니 무숙이 대답을 아니 할 수 없어 "예." 하자니 싫고 "무슨 일
이오?" 하면 노여워할 것이라 바삐 나가 밀창 밑에 서서,

　"어."

하고 어정쩡하니 짧게 답한다.

　의양이 화가 나 밀창을 딱 열어젖히며 말하기를,

　"이 사람이, '어'라니?"

대드니 무숙이 넉살 좋게 답한다.

　"어따, 그러나저러나 심부름이나 시키면 좋겠소."

　이에 의양이 심부름을 시키기를 발에 불이 날 정도로 시키는 것이었다.

　"중놈아!"

　"어?"

　"또 '어'라 하네. 한걸음에 내달려 급히 가 꾸미고기 사 오너라."

　"어, 그리하지."

하고는 순식간에 사 오니 이번에는,

"고춧가루를 사 오너라."

하자,

"어, 그리하지."

하고는 또 잽싸게 구해 온다.

"전춧가루, 후춧가루, 파, 마늘, 생강 사 오너라."

"어, 그리하지."

"세수 급히 할 것이니 양치용 소금 사 오너라."

"어, 그리하지."

"양식 팔고 나무 사고, 청어도 사 오너라."

"어, 그리하지."

"자반 굴비 암치 하나 살진 암탉 사 오너라."

"어, 그리하지."

하고는 순순히 명한 대로 심부름을 잘도 한다.

친구 김 선달, 무숙이를 경계하는 말을 하다

"우리 중놈이 심부름 하나는 끝내주는군. 날 속이지는 않겠는걸. 다방

• **꾸미고기** 국에 넣어 잘 끓인 고기 조각으로, 흔히 고기 고명으로 쓴다.
• **전춧가루** 탕약으로 만들거나 상처에 바르는 연고처럼 만들어 사용하던 약초인 전초를 가루로 만든 것.

골 건너가서 김 선달 댁에 편지 전하고 돈 주거든 받아 오너라."

무숙이 기가 막혀 생각하기를,

'나와 죽마고우로 형제처럼 지낸 친구 집에 심부름 가라 하니, 이 사환 노릇을 계속할 것인가? 내가 살아 쓸 데 있나?'

하며 죽을 각오를 단단히 하고 대답한 뒤에 대문 밖을 나와 김 선달 집으로 향한다. 그러나 이게 무슨 망신인가? 주머니를 탈탈 털어 품 팔아번 돈으로 비상 덩이를 사 들고는,

'이번 심부름만 끝낸 뒤 의양이를 결단내고 비상을 먹고 죽으리라.'

하며 죽을 결심을 했다.

김 선달 집에 들어가 쓸개 빠진 무숙이가 자기 몰골은 생각하지 않고 방문을 활짝 열며,

"게, 있느냐?"

하며 소리쳤다.

김 선달이 무숙이를 보고는,

"저 자식, 너는 무숙이가 아니냐? 이 몰골이 웬일이냐? 네놈은 정말 잡종이구나."

한다.

"오냐, 그래 나는 잡종이다."

"무슨 일로 왔느냐?"

무숙이 의양의 편지를 내주니, 김 선달이 편지를 받아 읽어 보았다. 사연인즉 이러했다.

찬바람 불어오고 흰 눈이 날리니 만개했던 꽃들과 향기로운 풀은 모두 졌지만, 소나무와 대나무만 푸른 절개를 자랑하듯 아름답고 성성하기만 합니다. 이 몸 역시 푸른 소나무처럼 그 절개를 지키고자 굳게 마음먹고 서방님과 함께 풍진고락 나누며 평생 해로하길 바랐으나, 선달님께서는 아실 것입니다. 서방님이 눈 어둡고 정신없어 앙화를 못 면할 듯 황망 창창하다는 사실을 말이지요. 그러니 조만간 서방님을 만날 잔치에 참석해 주시기 바라옵니다. 그리고 서방님 거동 볼 수 있도록 돈 오십 냥만 보내 주십시오. 의양은 바라고 또 바라는 마음으로 글월을 올립니다.

김 선달이 편지를 읽고는 눈물을 흘리며 말하기를,

"무숙아, 너 여기 앉아 보아라. 염치없고 넉살 좋구나. 네가 이리 될 줄 몰랐더냐? 내가 우연히 지난달에 시골 농막에 내려갔다가 천천히 걸어오는데, 네 처자가 남의 안방에 딸린 방에서 여러 자식을 거느리고 거의 죽을 지경이 되어 우는 소리를 들었는데, 네 부인의 구곡간장이 다 녹아 죽었는지 걱정이고, 배고프다고 울던 자식들은 이미 굶어 죽었는지 모르겠다.

이 한양 바닥에서 갑부가 너라고 하더니 어찌 이 지경이 되었단 말이

* **비상(砒霜)** 비석(砒石)을 가열해 얻은 결정체 물질로, 원래 학질 치료 등에 사용되었지만, 독성이 강해 독약으로 자주 쓰였다.
* **농막(農幕)** 농사용 막사. 흔히 들판에 세워 놓았으나, 뒤에 집 없는 가난한 이들이 기거하는 움막집으로 사용하기도 했다.
* **구곡간장(九曲肝腸)** '아홉 번 굽은 창자와 간'이라는 뜻, 즉 '시름과 한이 가득 찬 마음'을 일컫는다.

냐? 너도 마땅히 이 지경이 되어서는 뉘우치지 않았겠느냐? 너는 사람
도 아니지만, 세상의 의리를 생각해 내가 가만히 있을 수 없어 땔감과
반찬 사라고 오늘 식전에 쌀가마와 돈 꾸러미를 보내 주었다. 돈 빌려주
는 것은 나랏돈으로도 못할 것인데, 낸들 어찌 당할 수 있겠느냐? 에라,
너 그만 죽어라. 네가 살아 쓸모가 있겠나? 너를 두고 '계우사'를 지어 노
래로 소리 명창에게 전하리라."

했겠다.

무숙이 이 말에 묵묵부답하고 무안한 마음에 고개를 숙이고 이윽고
나가려 하다가,

"어쩔 수 없구나. 그래 죽어야겠다. 그 편지나 좀 보고 줄 테니 이리 다
오."

하니 김 선달이 어이없어,

"돈 오십 냥 보내라 하였으니 네 대부인 갖다 드려라."

한다.

"예끼, 이 자식, 그게 무슨 소리냐?"

하며 돈을 받아 둘러매고,

"그럼 또 보세."

하고는 겅정겅정 너새마냥 걸어 의양의 집에 돌아왔다.

의양이 돈을 받고는 속으로 눈물 흘리며 말하기를,

"이게 무슨 노릇인가. 점잖은 부잣집에 무안하고 망신스런 일 아닌가.
한 번만 더 속이고 큰댁 마누라와 의논하여 부부간 의를 밝혀야겠다."

하는 것이었다.

의양이 친구와 놀아나는 모습에 무숙이, 자살을 결심하다

의양의 곧은 정절은 모든 사람들이 다 아는 바였다. 대전별감 김철갑과 다방골 김 선달이 의양이와 한마음이 되어 무숙이를 개과천선시키려 했던 것인데, 의양이 그날 밤 장문의 편지를 써서 막덕이를 시켜 김 별감에게 몰래 전하도록 했다. 편지의 골자는 이러했다.

우리 서방님을 마지막으로 한 번만 더 속이고 다시 만나는 잔치에서 논 뒤에 살림을 벌리려고 하니, 위로 어른을 모시고 아래로 수하자를 거느리느라 바쁘시겠지만 만사 제쳐 두고 오시기 바랍니다. 저와 거짓으로 희롱하며 놀다 가시면 됩니다.

김 별감이 편지를 보고,
"그리 함세."
하고 답장을 했다. 이 답장을 받고는 의양이 별안간,
"중놈아."
하고 무숙을 부르니 무숙이는 거두절미하고 또,
"어."
한다.
"오늘 김 별감이 나와 살자고 약속하고 오늘 밤 오실 것이니, 잡수실 상과 차를 맞춰 대령하고 방은 차지도 뜨겁지도 않게 불을 때 놓도록 하라."

---

* 너새 느싯과의 겨울새로, 목이 길며 날개가 넓고, 수컷은 몸길이가 1미터에 이를 정도로 크나 부리가 짧다.

이 말에 무숙이 기가 막혀,

"이제는 죽어야지."

하고 비상 약을 꺼내 먹으려다 생각하기를,

'내 아무리 이 지경이 되었다 하나 계집으로 인해 사내대장부인 내가 약을 먹고 죽는단 말이냐? 에, 아서라. 내 이따 저 년놈들이 어떻게 하는지 눈으로 직접 본 뒤 죽어도 죽어야겠다. 못난 사람도 한을 품으면 유월에도 서리가 내리는 법, 장부가 독하게 마음먹으면 이 세상 어떤 재앙과 환란이 온다 해도 피할까 보냐. 이 비상은 두었다가 옴이 오른 놈한테나 주어야지.'

하며 궁상맞게 웅크리고 앉아 있었다.

과연 김 별감이 들어오자 의양이 내달아 반갑게 영접을 하는데, 김 별감의 허리를 감싸고 목을 안고 두 얼굴을 마주 대한 채 깜찍하고 밉살맞은 농담을 하는 등 깨가 쏟아지는 듯했다. 무숙이 그 거동을 보고 기가 막혀 부엌간에 기대어 장두 바탕을 베개 삼고 농삼장을 덮고 누웠으나 두 눈에 불이 나고 분한 마음이 속에서 일어나 다시 울며 일어나 앉았다. 김 별감의 위풍과 무숙이 자신의 꼴을 비교해 보니 자연히 기가 죽어 속으로 느끼어 울며 하는 말이,

"노류장화 너 같은 년, 아무려면 그러하지. 그래 나는 사물에 어둡고 이해심이 부족한 사람이었지. 불이나 때어 주고 먹고 남은 맛있는 음식이나 먹으며 소중이나 풀어 볼까?"

하는 것이었다. 그러고는 숯불 덩이 들고 훌훌 불며 하는 말이,

"김철갑아, 김철갑아. 네 아무리 노래 부르며 희롱한다지만 얼마 안 있

어 내 꼴 난다. 오래지 않아 상투 벨라. 너도 어서 상투를 베고 나는 큰 중놈이 되고, 너는 작은 중놈이 되어 행랑 칸에 마주 앉아 곤질고누나 두어 보자.

허허, 미친 자식아. 옛일을 네가 모르느냐? 만고의 미인 양귀비를 당나라 황제가 총애했던 것을 너의 사랑과 비교할 수 있겠는가? 양귀비가 비명에 죽은 뒤 쓸쓸한 허공에 미인의 혼이 갈 곳 없었고, 천하의 미인 달기도 천하의 일을 그르쳤고, 절색 미인 서시도 오나라를 망하게 한 근본이었다. 네가 아무리 거들먹거려도 몇 달 안에 네가 행랑방에 있게 될 것이다.

의양이 너, 이십 평생에 평양 감영 부협객을 몇 놈이나 죽였더냐? 한양을 망하게 할 네로구나. 한양 부자 호려다가 머리 깎아 행랑방으로 보내면 조선에서 가장 큰 절이 여기가 되겠구나."
하며 속삭이듯 악담을 할 때,

"중놈아, 뒷물 데워라."

- **장두(裝頭)** 책판(冊版) 같은 나무판 조각이 들뜨지 않게 하려고 양쪽 끝에 대는, 가늘고 긴 나뭇조각.
- **농삼장** 상자를 넣거나 싸려고 삼노를 엮어 만든 망태나 보.
- **노류장화(路柳墻花)** 아무나 꺾을 수 있는 길가의 버드나무와 담장의 꽃. 정숙하지 못하고 헤픈 여성, 곧 창녀나 기생을 비유하는 말로 쓰인다.
- **소증(素症)** 채소만 너무 먹어서 고기가 먹고 싶은 증세.
- **곤질고누** 땅이나 종이 위에 다양한 형태의 말밭을 그려 놓고 돌이나 나뭇가지를 말 삼아 번갈아 하나씩 움직여서 세 개가 한 줄로 늘어서면 상대편 말을 하나 잡을 수 있다. 이렇게 상대편 말을 잡거나 상대의 집을 차지하는 것으로 승부를 겨루던 놀이가 '고누'이며, 곤질고누는 고누의 일종이다.
- **부협객** 호방하고 놀기 좋아하는 관청 소속 사람들로, 대개 왈짜들을 높여 이르는 말이다.

의양이 또 명령을 하자 무숙이 더욱 기가 막혀,

"이제 못 죽는 놈은 백정의 아들이라."

하며 비상 가루를 도로 꺼내 물에 풀어 들고 하늘에 축원하기를,

"모든 것을 통찰하시는 하느님, 남의 여자를 뺏는 놈과 은혜를 배반하고 덕을 잊어버린 간통한 계집년에게 천벌을 안 주시니, 장부의 간절한 마음 오죽 분하면 약을 먹고 죽으려 하겠습니까?"

하고는 먹으려고 입에 갖다 댔다. 그 순간 그 착한 마음과 순진한 행적을 하늘이 알고 무숙이를 살리려 하신 것인지 무숙이의 무서운 마음이 사라져 약 그릇을 도로 내려놓았다.

"애고 아서라, 부질없다. 죽으려면 벌써 죽었지. 시련과 즐거움 다 겪었겠다. 말똥에 싸여도 세상이 좋다고 하지 않더냐. 이년이나 속여 보자."

이렇게 마음먹고는 커다란 가마솥에 물 세 동이를 들이붓고 통장작을 많이 모아 물에서 불이 날 만큼 바싹 졸여 네 사발쯤 나오도록 만든 뒤에 대야에다 물을 담고 백항아리 고춧가루, 조피 가루를 모두 풀고 비상 가루를 마저 풀어 휴지로 한 그릇을 소반에 받쳐 놓고 두 무릎을 바르게 꿇고 하느님께 빈다.

"천지에 일월성신, 억만 미륵, 오만 문수, 낙산관음, 제불제천 십왕나옹, 팔부신장, 당산, 천룡, 성조지신, 조왕신, 사해용왕, 오방신장, 그리고 산마다 있는 성황님께서는 부디 이 한 많은 무숙이를 불쌍히 통촉해 주소서. 선행을 쌓으면 그 응보로 경사스런 일이 자손 대대로 미치고 악행을 쌓으면 그 응보로 재앙이 자손 대대로 미치는 것을 제가 감히 모르겠습니까?

부디 무숙이 아뢰옵건대, 몹쓸 놈으로 아시면 천벌을 내려 죽이시고 저 연놈이 죄 있다면 이 뒷물 한 그릇으로 씹과 좃이 한데 섞여 그 자리가 곪게 하기를 바라옵니다."

무숙의 기도, 그리고 개과천선

이렇듯 무숙이 하늘에 사무칠 만한 원한을 갖고 비는 말을 의양이가 들었다. 정신이 아득하고 기가 막혀 문을 박차고 나와 무숙의 목을 껴안고, 그간의 사정을 사실대로 말한다.

"서방님을 향한 일편단심에서 비롯한 것이니, 첩이 한 일을 노여워하지 마세요. 나 같은 창녀라도 두 지아비를 섬기지 않는 법을 압니다. 서방님도 이 지경이 된 것을 인정하실 줄 압니다. 어려울 때 함께 고생한 아내는 부귀하게 되어도 내치지 않는다는 말은 오늘날도 유효할 것입니다. 그러니 지난 일은 다 잊어버리고 고기 잡고 농사지으며 적은 재물 가지고 행복하게 살아 봅시다."

의양의 이 말을 들은 무숙이 어이없고 할 말 없어 눈물만 쏼쏼 쏟아져 옷까지 적시었다.

김 별감이 기가 막혀 나앉으며 말했다.

"무숙아, 너도 이 지경에 이르러서야 이것이 이토록 중대하고 어려운 일인 줄을 이제는 깨우쳤냐? 너와 내가 죽마고우로 네가 잘못되면 내가 좋겠으며, 내가 잘못되면 네가 좋겠느냐? 평양집이 도모한 그 깊은 뜻을 네가 이제 알겠느냐? 나와 약속을 깊이 한 뒤, 내가 자주 다니는 척해 네가 의심하도록 한 것이려니와 가까운 친구 사이에는 믿음이 제일임을 누가 알겠는가? 평양집을 내 친구의 제수씨로 여기고 사사롭게 정을 나누는 척한 것이니 걱정하지 마라. 자네가 크게 깨우치고 새사람이 되었으니 잘되고, 잘되었다. 부디 이제 평양집과 행복하게 백년해로하기를 바라네."

• 씹 여성의 성기를 비속하게 이르는 말.

깊이 읽기

옹고집, 가짜 옹고집을 만나 개과천선하다

● 《옹고집전》의 형성과 근원

《옹고집전(雍固執傳)》은 작자 미상의 국문 소설이다. 원래 실전(失傳) 판소리 중 하나인 〈옹고집 타령〉이 있었는데, 오래전에 그 전승이 끝났고 지금은 소설만 전한다. 1843년에 송만재가 지은 한시 〈관우희(觀優戲)〉 제17수에 보면 당시 전승되던 〈옹고집 타령〉에 대한 내용이 다음과 같이 소개되어 있다.

옹 생원이 일개 짚허수아비와 싸웠다는   翁生員鬪一芻偶(옹생원투일추우)
맹랑한 이야기가 맹랑촌에 전하네.   孟浪談傳孟浪村(맹랑담전맹랑촌)
붉은 부적 부처님 힘이 아니었다면   丹籙若非金佛力(단록약비금불력)
진짜인지 가짜인지 끝내 누가 분간했으리. 疑眞疑假竟誰分(의진의가경수분)

맹랑촌에 사는 옹 생원이 가짜 허수아비 옹 생원과 싸웠는데, 결국 부처님의 영험으로 진위를 가리게 되었다고 했다. 그것은 곧 첫째, 옹고집이 생원으로 불렸으며, 둘째, 맹랑촌이 배경이며, 셋째, 진짜 옹고집과 가짜 옹고집이 격렬하게 싸웠으며, 넷째, 이런 문제(진위 분별)가 부처의 부적과 신령한 도움으로 해결되었다는 것이다. 이로 볼 때 18세기 전반기에 전승되던 판소리 〈옹고집 타령〉의 핵심 내용이 오늘날 소설로 전하는 《옹고집전》과 별반 다르지 않다.

현재 《옹고집전》은 11종의 이본이 전한다. 그중 이 책에서 사용한 이본은 박순호 소장 15장본이다. 표제가 '용싱원전'이라 되어 있고, 여러 이본 중 초기 이본의 특징을 잘 보여 준다. 즉 판소리로 불린 〈옹고집 타령〉과 비슷한 시기에 기록된 이본이라는 점에서 작품의 원형을 이해하는 데 중요한 자료가 된다. 예컨대 초기 이본에는 이 책처럼 중을 학대하는 이야기만 있었는데, 점차 부모와 장모, 그리고 아내까지 학대하는 것으로 확대되어 옹고집에 대한 부정적 면모를 부각시킨 점이 그러하다. 배경도 경상도 똥골 맹랑촌이라는 가상 공간에서 점차 안동 지역으로 구체화한 것이 그러하다. 거기에다 옹고집의 성격, 외모를 묘사하는 대목, 내쫓긴 옹고집의 행동을 묘사하는 대목 등에서 열거식으로 자세히 묘사하고 장면의 극대화 수법이 종종 보인다는 점에서 판소리 문체가 그대로 남아 있음을 알 수 있다.

다른 판소리처럼 《옹고집전》도 근원 설화라 할 유사한 이야기가 여럿 존재한다. 특별히 〈장자못 전설〉처럼 인색한 인물이 도승을 학대한 응보로 벌을 받는다는 내용의 학승(虐僧) 설화, 쥐 또는 지푸라기 사람이 둘이 등장해 서로 주인이라 자처하며 다투다가 결국 도승이나 석가여래의 도움으로 진위를 가리게 된다는 내용의 진가쟁주(眞假爭主) 설화는 《옹고집전》과 내용상 그 친연성이 높다. 또한 인도 설화인 '구두쇠 일리샤 이야기'와 이를 바탕으로 한 불전 설화 《본생경(本生經)》 수록 〈일리샤 장로(長老) 본생담〉, 문헌설화집 《실사총담(實事叢譚)》에 실려 있는 〈김·경 쟁주 설화〉, 그리고 《파수록(罷睡錄)》 소재의 〈진허가허(眞許假許)〉 등도 《옹고집전》 형성 이전부터 전해오던 유사한 이야기들이다.

따라서 실제로 민간에 널리 전승되던 이런 설화를 기본 서사 삼아 독자가 아닌 청중의 요구에 부응한 버전으로 개작되어 판소리 〈옹고집 타령〉 사설이 마련되었다고 할 것이다. 그리고 이 판소리가 언젠가 소설 《옹고집전》으로 기록되어 정착된 뒤 현재에 이르고 있다.

◉ 옹고집, 또 다른 나의 얼굴?

15장본 《옹고집전》은 표지에 '용싱원전'으로 적혀 있고, 일찍이 〈관우희〉에서도 '옹 생원'으로 노래한 것을 볼 때, 원래 옹가의 신분을 '생원'으로 이해하는 데 문제가 없을 듯하다. 다른 이본들까지 종합하면, 옹고집은 좌수 혹은 생원으로 설정된 경우가 대

부분이다. 즉 표면적으로는 초시인 '생원' 과거 시험에 합격한, 향촌 내 지식인이라 할 것이다. 이 책 15장본 본문 중에도 진짜 옹고집이 사대부 집에 사는 것처럼 적고 있다.("저 어떤 미친놈이 사대부 대문 안으로 기별도 없이 들어오느냐?") 그런데 원님 앞에서 재판을 받을 때, "저의 고조는 용송이며, 종조는 망송, 할아버지는 승송이고, 외할아버지는 송송이며 장인은 상송입니다."라며 말장난에 불과한 조상의 내력을 읊는 대목을 보면, 원래 내세울 것 없는 집안 출신이거나 돈으로 생원 또는 좌수 신분을 산 것일 수 있음을 추정케 한다. 양반이 아니었으나, 부를 축적한 양민이 양반 신분을 획득한 것일 수 있다는 것이다. 신분과 관련한 근본 내력은 의심스런 점이 있으나 자수성가한 신흥 부자임은 분명하다.

그런데 《옹고집전》 첫 장면을 보면 놀부 저리 가라 할 만큼 심술궂고 인색한 옹고집의 행태가 소개되고 있다. 전형적인 구두쇠의 모습인 데다, 우리가 잘 아는 놀부 심보와도 무척 닮아 있다. 가질 만큼 가지고 아쉬울 것 없는 그였건만 일반인을 골탕 먹이기 좋아하며 특히 시주하는 중을 그 누구보다 싫어해 때리고 쫓아내기 일쑤였다.

> 그는 마음씨가 심술궂고 남을 괴롭히는 것을 즐기는 위인이었다. 남의 송아지 꼬리 빼기, 호박에 말뚝 박기, 초상집에서 춤추기, 불난 집에 부채질하기, 애 낳는 집에 거적 들고 달려들기, 물동을 이고 가는 계집 엉덩이 차기, 이웃 사람 이간질하기가 그의 장기였다. 마음씨가 고약한 옹 생원은 특히 중을 미워했다. 중이 찾아오면 동냥은커녕 두 귀에 말뚝 박은 듯 들은 체도 안 하고 머리에 콩 주머니를 묶어 괴롭히고 볼기를 매로 때리는가 하면 크게 소리치며 내쫓는 것이 다반사였다.

위에 언급된 심술 외에도 다른 이본에서는 '아이 밴 여자 밀어뜨려 낙태시키기', '봉사 보면 진 데 밀기', '가물 때에 물 빼기', '고운 옷에 코 칠하기', '잘된 사람 비방하기' 등을 소개하고 있다. 이런 옹고집의 행태는 놀부의 심술과 동일하다.

그렇기에 중도 거지도 익히 옹고집에 대한 소문을 듣고 되돌아간다. 일부러 옹고집 집을 찾아오는 손님도 친척도 친구도 없다. 사실 겉으로 드러나 있지 않지만, 가족과 하인, 집안 식솔 들도 그의 삐뚤어진 심보를 좋아했을 리 만무하다. 그렇기 때문에 사실 집 안팎으로 옹고집은 자기중심적 세계를 구축하고, 그 세계를 자기 마음대로 처리해야 직성이 풀리는, 고집과 아집으로 가득한, 그래서 달리 보면, 지독히 외로운 존재였을지도 모른다. 그것은 성격상 일종의 장애를 지닌 것으로도 볼 수 있다. 경제적 부를 누리며 살게 된 것보다 우선하여 그에 걸맞은 예의와 도덕적·사회적 책무를 이행할 것을 당대 사회가 요구하고 있음을 환기시켜 준다. 그렇기에 서술자는 성격적 결함이 있거나 책임 의식이 부재한 이는 부자가 될 자격이 없음을 말하고 있다. 아니, 그 도덕적 책무를 요구하고 있는 셈이다.

물론 《옹고집전》에는 이토록 옹고집이 마음씨가 고약하고 심사가 뒤틀리게 되었는지 그 이유가 자세하지 않다. 다만 그가 골탕을 먹이거나 심술을 부려도 뒤끝이 있는 위인은 아니다. 일부러 타인을 불행하게 만들려 하는 악인이라기보다는, 성격상의 장애, 어쩌면 고집스럽게 자신의 방식에 맞춰 모든 일을 처리하고자 하는 강박 관념이 강하기 때문이다. 그것은 어쩌면 자수성가한 이들이 지닌 외골수적인 기질 때문일지 모른다. 평소에 그렇게 살아왔기 때문에 스스로 자신의 인색함을 모를 뿐이다. 그래서 가족과 주변 사람들에게 원망의 미움의 대상이 되면서도 구두쇠 습관을 버리지 못한 채 타인을 다그치고, 혼내는 일을 버리지 못한다. 융통성이라곤 없다.

그러나 자신의 처세와 신념으로 이만큼 부를 축적하고 집안을 이끌고 있다는 자존의식으로 똘똘 뭉쳐 있다. 가짜 옹고집이 늘어놓는 재산의 규모만 본다면, 값비싼 세간 물건이 주체할 수 없고, 커다란 논밭과 집, 엄청난 양의 곡식과 가축을 자랑한다. 가히 지주 중에서도 최고의 부농으로 손색이 없다. 물론 그가 어떻게 부를 축적하게 되었는지 자세한 설명은 없다. 그러나 일부 이본을 보면, 땅을 소작농에게 빌려주고 그 토지 임대료를 받는다거나(박순호 소장 30장본), 가난한 양반이 급전이 필요해 내놓은 논밭을 헐값에 사들이는(강전섭 소장본) 등 유리한 조건으로 거래를 한 사실을 알 수 있다. 그것은 아무래도 약자의 약점을 공략해 부를 축적한 것이라 수탈의 성격을 배제할 수 없다.

이렇듯 성공한 부농이 되기까지 그가 살아온 처세술이야말로 가장 믿을 만한 방편이라 믿었을 것이다. 그렇기 때문에 자신의 능력과 삶에 대한 태도와 신념이 흔들릴리 없다. 자신이 옳다고 생각한 것이 타인과 다를 경우, 타인을 자기 식으로 바꾸도록 매질을 하거나 꾸짖어서라도 바꿔 놓아야 한다고 믿는 위인이다. 그렇기에 이런 성격 탓에 피해를 본 이들은, 모르긴 몰라도, 아마 옹고집과 가까운 사람들, 곧 가족과 지인, 친척 들이었을 것이다. 따라서 《옹고집전》이 문제 삼고 있는 지점은 인간 옹고집과 그의 교정 내지 구원에 있다기보다 옹고집 같은 인물을 만들어 낸 사회와 그런 사회에 대한 풍자에 있다. 즉 화폐경제사회로 전환되면서 새롭게 등장한 부자 양민의 행태와 그에 따른 사회 문제를 환기시킴으로써 사회적 교화 차원에서 옹고집을 벌주고 개과천선케 하는 데 있다. 즉 이 작품의 주제가 옹고집의 구원이나 진짜 자아를 찾는 과정에 초점이 맞춰져 있다면, 진짜 옹고집이 심술궂게 구는 이유나 왜 하필 각종 세간 물건과 재산 열거라는 과정을 진짜와 가짜를 구별하는 가장 중요한 판단 근거로 삼고자 했는지 그 이유를 제대로 설명하기 어렵다. 문제의 출발은 옹고집의 부와 재산, 그 욕심 때문이고, 그런 물질적 욕망과 물질 만능주의 중심의 사회적 분위기를 일신하기 위해서는 모든 부를 내려놓고 자신을 성찰할 때 효과적이라는 점을 보여 주고자 한 것이다.

따라서 이런 상황에서 옹고집이 일시에 딴사람으로 변할 수 있는 방법은 부를 빼앗는 강력한 충격 요법밖에 없었다. 금강산의 도승이 가짜 옹고집을 만든 것도 실은 진짜 옹고집의 정체성을 흔들기 위한 목적보다는 한 집에서 두 주인이 존재하는 것이 불가하므로, 진짜 옹고집을 주인의 지위에서 쫓아내기 위한 목적에서 가짜 옹고집을 만들어 낸 것이었다. 도승이 "옹 생원 집에 가서 진짜 옹 생원처럼 행동하고 무수히 속이라"며 가짜 옹고집에게 명한 것도 결국은 현재 진짜 옹고집이 가졌던 모든 소유물과 존재 이유를 빼앗기 위함이었다.

● 가짜 옹고집과 진짜 옹고집 사이의 거리

가짜 옹고집의 외모가 진짜 옹고집과 똑같다고 했다. 그러니 진짜 옹고집의 외모는 말할 필요조차 없다. 누가 진짜인지 가짜인지 친척도, 하인도, 자식도, 심지어 아내도 구분하기 어려울 정도로 똑같다고 했다. 그런데 재미있는 사실은 옹고집의 외모다. 진짜 옹고집과 똑같이 만들었다는 가짜 옹고집의 외모는 너무나 흉하고 기형적인 모습 그 자체라 할 수 있기 때문이다.

> 도승이 부드러운 찰볏집 한 통을 가져다가 허수아비를 만드는데 이목구비가 영락없는 옹 생원이었다. 돼지머리에 뚝이이마, 호박골에 두부살, 고리눈에 떡메코, 주걱턱에 차미쪽입, 동고리 가슴에 곰의 등, 수중다리에 마당발, 원숭이 팔에 훔치미손으로 만드니 그 모습이 옹 생원과 똑같았다.

위에서 묘사한 대로라면, 옹고집의 모습은 인간이라기보다 괴물에 가깝다. 어떤 면에서는 불편을 느낄 정도로 그로테스크하다. 이는 실제로 그렇다기보다 진짜 옹고집의 고약하고 울퉁불퉁한 심사를 외적으로 이미지화한 것이다. 이렇듯 못생긴 괴물 같은 인물의 형상은 서사무가 《바리데기》에 등장하는 무장승(무장신선)과도 상통한다.

> 한가운데는 정렬문이 서 있는데 / 무장신선이 서 계시다 / 키는 하늘에 닿은 듯하고 / 얼굴은 쟁반만 하고, 눈은 등잔만 하고 / 코는 절편이 매달린 것 같고 / 손은 솥뚜껑만 하고 발은 석 자 세 치라 / 하도 무섭고 끔찍하여 물러나 세 잔을 바치니 서울 배경재본 《바리데기》

그런데 외모가 아닌 내면 심성, 곧 성격과 인격의 변화를 가지고 진짜와 가짜를 판별할 생각을 한 등장인물은 없었다. 가짜 옹고집은 진짜 옹고집과 뭔가 달라도 다른 모습을 보여 주고 있기 때문이다. 처음 가짜 옹고집이 집에 들어와 진짜 옹고집 행세를 하면서 한 것이 무엇이었을까? 바로 자기 아들, 딸과 하인들에게 일을 시키는 것이었다. 가짜 옹고집은 '아무개 종놈아', '아무개 자식아' 하고 구체적으로 이름을 부르며 각각 해야 할 일들을 지시하고 있는 것이다.

그뿐이 아니다. 가짜 옹고집은 재판받는 자리에서 집안의 세간 살림살이를 낱낱이 열거할 만큼 집안일에 관심이 많다. 진짜 옹고집이 세간 살림은 아내한테 일임한 채 집안일에도 가족에게도 전혀 신경을 쓰지 않던 위인이었던 것과 180도 다른 모습이다. 또한 조상의 내력까지 정확히 알고 있다. 이처럼 세간 내역과 조상 내력을 누가 잘 알고 있는가가 진짜와 가짜를 가리는 가장 중요한 잣대로 작동하고 있음을 기억하자. 이는 가문을 중시하던 조선 사회의 단면을 잘 보여 줄 뿐 아니라, 물질적 가치와 재산 관리를 중시하던 세태의 단면을 잘 보여 준다. 그리고 이런 가짜 옹고집의 모습은 그동안 가족과 지인들이 꿈꿔 오던 이상적인 가장, 남편, 친구로서의 옹고집의 모습과 다름없다.

진짜 옹고집은 가진 것이 아무것도 없는 상태에서 집에서 쫓겨나 믿었던 친구 집까지 찾아갔지만 그마저 그를 배척한다. 그러자 옹고집은 비로소 자신이 누군지 자각하게 되고 가족과 친구의 소중함을 깨닫게 된다. 이를 달리 보자면, 배회는 새로운 탐색이자 모색이다. 즉 실패는 또 다른 가능성의 시작이다. 가족과 사회와의 고립을 통해 자신이 지금까지 잃고 지내온 소중한 가치가 무엇인지 새롭게 자각하게 된 것이다. 이로 본다면 옹고집의 인색은 선과 악의 문제가 아니라 성숙과 성장 여부를 판별하는 잣대이다. 결말에서 옹고집이 죽을 생각을 하며 절망의 끝을 경험하게 되었을 때, 개과천선의 극적 전환이 일어난 것도 성숙과 성장이 이루어졌음을 대변한다.

> 이렇게 울다가 물에 빠져 죽을 생각으로 물가로 갔다.
> 그러자 이때 하늘에서 한 소리가 들려오기를,
> "똥골 사는 옹가야, 네가 네 죄를 아느냐 모르느냐?"
> 하는 것이었다.

하늘이 무심하지 않아 옹고집이 그동안 저지른 심술과 욕심이 무엇인지 깨닫게 하고자 직접 물어본다. 결국 죽을 생각까지 했던 진짜 옹고집에게 천상의 소리를 듣게 함으로써 구원의 밧줄을 내려 주고 있음을 알 수 있다. 극한 상황에서도 기회는 오기 마련이다. 이때 옹고집이 자신의 욕심, 소유물에 여전히 집착을 하고 있었다면 아마 그는 그 구원의 손길을 뿌리쳤을 것이다. 그러나 그는 낮아졌고, 지시하는 대로 금강산 절로 들어가 도승을 만나게 되고, 다시 제자리로 돌아갈 수 있었다. 되갚기, 즉 복수나 원망이 아닌, 자신의 모난 부분을 다른 것에 맞추고자 하는 조화를 택함으로써 가짜는 사라지고 진짜만 남게 된 것이다.

이때 진짜 옹고집의 문제를 정확히 간파하고 효과적으로 처리한 도승의 역할이 큰 역할을 감당한 것은 사실이다. 그러나 구원자로서 도승의 조력은 형식적인 측면이 강하다. 불자로서, 불법을 수행하는 도인으로서 깨달음으로 안내하는 보조자 역할에 충실할 따름이다. 어쩌면 더욱 큰 박수를 쳐 주고 칭찬을 해 줘야 하는 위인은 바로 진짜 옹고집이다. 그는 가짜 옹고집과의 대립 상황을 통해 자신의 전부를 잃었다가 자신을 재발견한 뒤 다른 길을 택했기 때문이다. 다시 말해 커다란 성숙, 정신적인 성장을 이룬 것이다. 그것이 비록 외부의 도움에 힘입은 것이지만, 그 변화는 참으로 의미 있는 것이기 때문이다.

◉ 《옹고집전》, 그 의미와 한계

"이 중놈아, 내 말을 잘 들거라. 네놈이 부처 제자가 되었다면 산문에서 밤낮으로 팔만대장경을 읽고 솔잎 한 가지만 먹으며 도를 익히는 것이 옳거늘, 방자하게 도승이라 일컬으며 민가를 다니면서 목탁을 두드리며 시주하러 다니고, 아이를 보면 예쁘다고 하고, 계집을 보면 입 맞추고 얼러 보고, 고기를 보면 입맛을 다시고, 술을 보면 침을 흘리며 몹쓸 짓은 모두 하고 다니니 네 죄를 엄하게 다스리리라."

하고 호통치고는 곤장을 이십 대 치고 곡두머리를 잡고 내동댕이치는 것이었다.

　옹고집이 시주하던 도승을 쫓아내면서 비난하는 말이다. 이는 비단 진짜 옹고집의 의식이라기보다 당시 일반인이 불교에 대해 가졌던 부정적 인식의 단면을 대변한다. 특히 열심히 땀 흘려 돈을 번 신흥 부자들 입장에서는 시주를 하러 다니는 중의 행위는 무노동과 무위도식을 전공으로 하는 이들의 행동으로밖에 보이지 않았다. 그리고 유교 중심 사회에서 불교가 산으로 들어간 상황에서 불교인들의 생활 습속을 탐탁지 않게 여기는 일반인이 적지 않았다. 《옹고집전》은 바로 불교에 대한 당시 편견을 불식시키거나 불교를 옹호하기 위한 의식이 감지된다. 진짜 옹고집이 가짜 옹고집의 출현으로 곤혹을 치르고 결국 집에서 쫓겨나게 되는 직접적인 이유는 시주하는 도승을 때리고 쫓아냈기 때문이다. 진짜 옹고집을 그냥 둘 경우 불교의 도가 망령된 것이 되고, 도승이 땡중이 되고 말 것이기에 징치를 해야만 한다는 논리를 편다. 그리하여 불교의 도술로 바로잡음으로써 불교의 순기능, 곧 중생을 감화시키고 교화시킨다는 불교 교리와 덕을 은연중에 보여 주고 있다. 도승이 시주 과정에서 비록 수모를 당했지만, 비폭력적인 방법으로 개인 교화를 목적으로 큰 도력을 행사하는 것은 불교 이미지 재고를 위해서도 필요한 내용이다.
　〈변강쇠 타령〉에서도 곳곳에 세워진 장승을 땔감용 목재로 베어 버리는 변강쇠를 벌하기 위해 장승들이 모여 변강쇠를 혼내 주는 장면이 나온다. 불교든, 무속신앙이든 종교적, 윤리적 행위에 반하는 인물을 벌주는 서사를 기본 사건 전개의 틀로 잡은 것은 큰 맥락에서 동일하다. 이것은 불교와 무속을 배척하거나 천시하던 당대 사회적 인식에서 벗어난 관점이라 오히려 비틀기 효과가 적지 않다. 이렇게 본다면 《옹고집전》은 가히 옹고집과 불교의 대결과 그 해소를 다룬 서사로 이해될 법도 하다. 그러나 그것이 전부는 아니다.
　그렇다면 왜 작가는 부자 옹고집을 부정적인 인물로 설정하고, 개과천선해야 할 주인공으로 삼은 것일까? 우선, 옹고집 자체가 천성이 심술궂은 인물이어서 도승을 학

대한 것이 사건의 발단이 된다. 그래서 도승이 가짜 옹고집을 만들어 일종의 복수를 가하면서 옹고집의 잘못을 스스로 깨닫게 하고자 한 것이다. 그 과정에서 불도의 위엄을 지키고, 뭇 중생을 교화하려는 성격을 다분히 표출시키고 있다. 그러나 작품을 읽으면 불교를 옹호하거나 부처의 영험함에 감복하고, 불교 정신에 감동할 만한 요소는 그리 보이지 않는다. 옹고집이 개과천선할 수 있도록 이끄는 표면적인 매개일 뿐이다. 즉 불교와 대립하던 옹고집을 불교에 귀의토록 하기 위해 옹고집을 훈계 대상으로 삼은 것은 아니다.

그보다는 부자로서, 사회적 지위가 있는 향촌의 지주이면서 반인륜적이고 반도덕적인 행동을 하는 인물이라는 점에서 더 큰 이유를 찾을 필요가 있다. 거기엔 부자로서 갖춰야 할 사회적·도덕적 책무가 결여된 인간에 대한 비판 의식이 작동하고 있기 때문이다.

특히 약한 자를 짓밟고 부를 축적했고, 그것이 유지되고 있다면, 그것은 용납될 수 없는 것이다. 그런 불의를 바로잡아야 한다는 것이 천명이자 민심임을 보여 주기 위해 옹고집을 감계의 대상으로 불러낸 것이라 할 것이다.

그러나 이렇듯 19세기에 새롭게 등장한 지방 부농들에 대한 반감 또는 비판 의식이 작품에서는 옹고집 개인에게 국한되어 그려지고 있는 것은 아쉬움으로 남는다. 작품에서는 적어도 부농 계층 전반에 대한 경고의 메시지로 확대, 적용시킬 만한 요소가 별반 보이지 않기 때문이다. 약자들의 목소리를 대변한다거나 가진 자에 대한 경각심을 불러일으킬 만한 문제의식이 분명히 드러나 있지 못하기 때문이다. 그것은 아마도 초월적 존재인 도승을 통해 문제를 해결하고 있는 구조를 취하기 때문에 그런 한계를 애당초 드러내고 있었기 때문일 것이다.

● 조선 후기 서울 풍속 요지경 – 서울의 왈짜 무숙이 이야기

한편 《계우사》의 주인공 무숙은 옹고집처럼 서울 중촌 갑부 집안의 아들로, 사십 평생을 사치와 유흥으로 보낸 위인이다. 워낙 많이 놀았기 때문에 더 이상 흥이 나지 않자, 최후로 한판 놀음을 가진 뒤 유흥계를 떠나 착실히 살기로 마음먹는다. 이를 알게 된 왈짜들이 찬성과 반대의 논란을 벌이고 마지막 한 판을 어디서 가질까 고민하던 중, 군평이란 왈짜가 평양 기생 의양이에 관해 이야기해 그녀가 있는 화개동 기방을 찾아간다. 그런데 의양을 처음 본 순간 무숙이는 그녀에게 반한 나머지, 의양을 첩으로 들이기로 마음먹고 적극적으로 다가간다. 그러나 의양이 거절하자, 집에 돌아와 애절한 마음의 편지를 써서 보내 의양의 마음을 얻는 데 성공한다. 그리하여 무숙은 처와 자식이 사는 집이 아닌 곳에 딴살림을 차리고 의양과 함께 산다. 이때 무숙은 내의원 소속 기생인 의양을 자유인으로 만들기 위해 엄청난 돈을 갖다 바친다. 살림살이도 호화롭게 장만하고 돈 쓰는 일로 세월을 보낸다. 씀씀이가 헤픈 무숙을 보고, 의양이 이 같은 사람을 처음 본다고 하자, 무숙은 이 말을 곧이곧대로 받아들여 으쓱한 나머지 자신의 씀씀이를 과시한다. 악공을 불러 서울 근교 경승지를 돌아다니며 유산놀음을 벌이는 데 십만 냥을 쏟아 붓고, 배를 새로 만들어 뱃놀이를 하는데, 판소리 광대와 연예인 들을 불러 돈을 펑펑 써 대는 것이었다. 그런데 이렇듯 낭비한 돈이 실은 대금업자에게서 차용한 돈이었고, 무숙의 본처는 수없이 빌린 돈을 막느라 굶주리며 살아야 할 지경이었다.

결국 의양은 이런 생활을 보내다가 무숙이 몰락하면 그 원망이 자기에게 돌아올 것이라 여겨 무숙의 본처와 몰래 상의하여 그를 길들이기로 마음먹는다. 그리하여 종 막덕이와 무숙의 친구인 별감 김철갑의 도움을 받아 무숙의 재산을 기회 될 때마다 빼돌린다. 종 막덕이를 시켜 온갖 곳에서 빚을 갚으라고 요구한다며 그것을 빌미로 재산을 빼돌려 모아 놓는 것이었다. 이런 와중에도 정신을 못 차린 무숙은 계속 노름을 하느라 점차 돈이 궁해지자, 외삼촌에게 가 부모 묘를 옮긴다며 사기를 쳐 5천 냥을 빌려 온다. 그러나 이 돈마저 온갖 노름으로 날리자, 장신구, 속옷과 상투까지 팔기에 이른다. 결국 빈털터리 신세가 되어 본가에 돌아가 품팔이 노동을 하고, 의양의 집에 와서는 심부름꾼 노릇까지 한다. 이때 무숙은 의양의 계획에 의해 온갖 조롱과 수

모를 다 겪는다. 의양이 마지막으로 무숙의 친구 김철갑과 모의해 무숙이 보는 앞에서 연애질하는 장면을 연출하자, 무숙이가 죽을 생각을 하고 독약을 준비한다. 의양이 그제야 이 모든 일이 무숙을 교정하기 위해 짠 연출이었음을 털어놓는다. 마지막 부분은 낙장인 상태라 확인할 길 없지만, 아마도 무숙은 개과천선하여 두 사람이 잘 살게 된 것으로 끝이 난 것으로 보인다.

이상 《계우사》의 줄거리를 보아 알 수 있듯이, 이 작품은 유흥과 소비의 일인자라 할 무숙이와 이런 못된 버릇을 고치고자 하는 의양(과 종 막덕이, 친구 김철갑, 무숙의 본처)의 보이지 않는 갈등과 이의 해결이 작품 중후반을 이끌어 나가는 주요 서사가 된다. 이 과정에서 무숙이 얼마나 사치스런 생활을 즐기고, 돈 씀씀이가 헤픈지를 자세히 서술해 놓음으로써 무숙의 캐릭터를 더욱 효과적으로 부각시키고 있다.

무숙이는 마흔 살의 대방왈짜이자 부자다. 양반은 아니고 중인, 또는 평민층에 속하는 인물로 보인다. 전통적인 신분 질서가 점차 무너지면서 특히 19세기에는 중하층민 중에서 돈을 번 부자(도시민)들이 경제적 기반을 토대로 양반과 방불한 유흥 및 오락 문화를 즐겼다. 따라서 《계우사》를 읽어 가다 보면 김무숙과 왈짜들의 기방 출입과 노름 문화는 물론, 당시 유흥 문화와 세태까지 실감나게 이해할 수 있다.

의양을 자신의 첩으로 삼기 위해 재산을 모두 탕진하고 패가망신하는 무숙이는 유흥적이고 소비적인 인간형의 전형을 보여 준다. 판소리 사설만 남아 있는 《이춘풍전》에 등장하는 이춘풍도 김무숙과 동일한 유형의 인물에 해당한다. 이들은 18세기를 거쳐 19세기에 새롭게 등장한, 자유분방한 영혼의 소유자이면서 돈과 유흥을 결합시킨 새로운 성격의 인물형이라 할 수 있다. 이처럼 생각 없고 놀기 좋아하며 허영심 많은 성격을 지닌 극단적인 인물을 주인공으로 내세워 당시 사회적 불균형이 문제임을 부각시키고 있다.

이런 김무숙과 왈짜들과 상대하는 여자 주인공이 의양이다. 의양은 나이가 스무 살밖에 안 된, 평양 출신의 기생이다. 모친이 천민이기 때문에 기생이 될 수밖에 없었지만, 아무 남자한테나 마음을 주는 가벼운 여자가 아니다. 내의원 소속의 약방기생으로 한양에 지내면서 김무숙의 첩이 된다. 무숙이가 기적(妓籍, 기생 명부)에서 그녀의 이름을 빼내기 위해 엄청난 돈을 투자한 것도 의양이 그것을 원했기 때문이다. 그렇다면 놀기 좋아하고 돈 쓰는 데 개념이 없는 무숙을 자신의 서방으로 의양이가 받아들인 이유는 무엇일까? 그것은 무엇보다 기생이 아닌, 한 주체적인 여성으로 자신의 삶을 꾸려 나가고 싶었기 때문이었다. 비록 무숙의 구애도 있었지만, 기본적으로 돈과 유흥을 즐기던 무숙에게서 의양은 일말의 순수한 인간성을 느낄 수 있었고, 천성이 모질지 못한 성격의 소유자임을 알았기에 그의 첩이 되기를 결심한 것이었다. 그러나 무숙이가 왈짜 생활하던 습성을 버리지 못하고 방탕한 생활을 계속하자, 이에 좌절하지 않고 계략을 세워 일부러 곤경에 빠뜨려 정신을 차리도록 하는 지혜를 발휘하기에 이른다. 이것은 무숙의 천성과 성격을 간파한 의양이 신뢰에 바탕한 성격 개조에 나섰기 때문에 가능한 일이었다.

이처럼 문제 많은 남자를 교정하기 위해 현명한 여자의 활약을 그린 유사한 작품에 《배비장전》과 《강릉매화타령》이 있다. 각각 애랑과 매화가 그 여자 주인공인데, 이들은 의양과 비교해 또 다른 여성상을 보여 준다. 즉 모두 기생이라는 신분은 동일하지만, 애랑과 매화는 향락적 직업군으로서의 역할에 충실한 모습을 보이는 반면, 의양은 춘향이처럼 자신의 신분적 한계를 자각하고, 이를 인간적인 사랑과 상대에 대한 신뢰로 극복하고자 하는 주체성을 지닌 기생으로 그려지고 있는 것이다. 그러나 풍자와 교정의 대상이 되는 남성 주인공과 달리, 사회적으로 부정적 이미지가 강하고 실제 신분이 낮은 기생 의양과 애랑, 매화의 공통된 서사적 역할이란 세태 비판적 성격은 물론, 당시 변화하던 사회의식의 단면, 곧 역전된 상황 설정에 따른 주제 전달에 있다고 할 것이다.

그리고 무숙과 의양이 사이에서 무숙의 성격을 고치는 조력자로서 일등공신 역할을 한 인물로 막덕이를 빼놓을 수 없다. 막덕이는 의양의 하인이었는데, 그의 개성이 작품에 잘 드러나 있지는 않지만, 충성스런 하인으로 사건 전개와 해결에 있어 감초 역할을 하고 있다는 점에서 《춘향전》에 등장하는 방자와 유사한 유형의 인물에 해당한다.

그밖에 작품에 잘 드러나 있지 않지만, 무숙과 의양을 다 잘 아는 인물로 김 선달이 등장한다. 김 선달은 무숙의 친구이자 동시에 무숙과 의양에 대한 이야기를 풀어나가는 작중 화자이기도 하다. 이 작품을 달리 '계우사(戒友詞)'로 부르는 이유도 김 선달이 친구 무숙이를 훈계(경계)하고자 지은 노래라는 사실을 고려할 때, 등장인물에 대한 평가와 성격 묘사는 김 선달의 눈으로 바라본 것임을 알 수 있다. 작품 속 등장인물이면서 작중 화자요 평자로서의 역할을 보여 준다는 점에서 판소리가 지닌 다중적 요소(화자, 목소리)를 이해할 수 있는 좋은 예가 된다.

내용상 관련이 있는 장편 가사 〈계우사〉류의 교훈적인 성격에 유흥적, 오락적 성격이 더해져 지금의 작품으로 형성되었다고 보는 견해도 있는 《계우사》에는, 무숙이가 돈을 매개로 노름과 유흥, 놀이, 허세에 빠져 얼마나 돈 씀씀이가 헤픈지를 단적으로 보여 주는 장면들이 여러 차례 등장한다. 무숙이가 기방에 출입할 때 입던 호사스런 옷차림 묘사 대목이라든가 기방에서 먹던 사치스런 산해진미를 열거하는 대목, 또는 의양을 약방기생 명부에서 빼내기 위해 돈을 아낌없이 쏟아 붓는 대목도 그렇고, 의양에게 호화로운 집과 살림도구를 장만해 준다거나 유산놀이와 선유놀음, 그리고 노름판에 돈을 가져다 쓰는 대목 등에서 무숙이의 개념 없는 소비 행위를 여실히 확인할 수 있다.

이 중 예컨대 무숙이가 의양의 살림을 차려 주는 부분은 〈춘향가〉나 〈흥보가〉, 그리고 〈옹고집 타령〉에서 각각 춘향이와 놀부, 그리고 옹고집의 집을 묘사하는 사설부분과도 대단히 흡사하다. 이는 《계우사》가 판소리로 불렸음을 엿볼 수 있는 하나의 단서가 된다. 사물들을 길게 나열하면서 장면을 극대화하는 것은 판소리가 지닌 부분의 독자성을 강화하고 있는 것과도 관련이 있다. 계속되는 열거 속에 음악적 리듬감이 부여되는 바, 문어체가 아닌 구어체적 맛이 살아 있어 판소리의 흔적을 확인할 수 있다. 또한 이런 서술은 과장된 면이 분명 있지만, 18~19세기 조선 생활사 및 풍습의 단면을 파악하는 자료로서 가치가 있다.

또 하나 흥미로운 사실은 《계우사》에 무숙이가 각종 품팔이를 하는 모습에서 19세기 조선 시대의 아르바이트, 곧 비정규직의 세계를 확인할 수 있다는 점이다. 생계유지를 위해 무숙이가 했던 일거리를 통해 당시 사회 세태까지 짐작할 수 있다.

귀하게 자란 무숙이가 품팔이라도 해서 생계를 유지해 나가기로 마음먹었다. 술집에 들어가 술상 심부름하기, 국수집에 불 때 주기, 철초전에서 담배 개기, 화사발집에서 물 짓기, 정방자대 심부름하기, 과거 시험 방목 사환 노릇하기, 유산군으로 가마 메기, 초상난 집 연번군 노릇하기, 병든 사람 업고 가기, 활인막에 상직하기, 마전장에서 빨래하기, 유대군의 상여 메기, 급한 사람 편지 전하기, 외방 주인 삯전 걷기 등 닥치는 대로 일을 했다.

오늘날로 치면 국수 가게 종업원에서부터 술집 웨이터, 공무원 시험 응시자 명단 서류 정리하는 임시 사무직, 상여를 짊어 매는 상조회 임시직, 퀵서비스 배달업, 세탁소에서 빨래하기 등의 아르바이트를 했음을 알 수 있다. 아마도 이런 일들은 화폐경제 사회의 면모를 갖춘 서울에서나 가능한 일거리였을 것이다.

그런데 《계우사》에서 가장 우스꽝스러우면서 흥미로운 대목은 바로 무숙이가 의양의 중노미 노릇을 하는 장면이다. 품팔이를 하던 무숙이가 의양에게 돌아온 뒤 무숙은 의양의 허드렛일을 도맡아 처리하는 하인 노릇을 하기로 약속한다. 의양은 한 술더 떠 '무숙에게 서방 행세를 하지 말 것'과 '안방 출입도 하지 말 것' 그리고 '말까지 삼가고 조심할 것'이라는 약속을 받아낸 것이다. 어쩔 수 없이 첩의 심부름을 다 감당해야 하는 서방 무숙으로서는 속이 부글부글 끓고, 당장에라도 때려치우고 싶은 마음이 굴뚝같았겠지만, 첩을 상전으로 모셔야 하는 자신의 부끄럽고 수치스런 마음과 황당한 상황을 끝까지 참아내고자 한다. 그러나 의양이가 무숙을 부를 때마다 '네네' 하며 차마 순종할 순 없어 고육지책으로 내뱉은 '어'라는 어정쩡한 답변이야말로 이 작품의 백미라 할 것이다. 웃음이 절로 나지 않을 수 없다. 오늘날 우리도 놀라거나 대답이 궁색해 어정쩡하게 답해야 할 때, '어' 하고 반응할 경우가 적지 않은데, 이 '어'라는 한 마디 대답에 담긴 무숙이의 복잡한 심리를 읽어 내는 것도 무척이나 흥미롭다.

그런데 이 작품에서 가장 흥미로운 대목, 곧 무숙이가 허드렛일 하는 부분은 내용상 양날의 칼과 같다. 즉 이런 상황 설정이야말로 흥미 요소를 뺀다면 비현실적이거나 과하다는 비난을 면치 못할 것이기 때문이다. 이는 《이춘풍전》에서 평양 기생 추월이가 무일푼이 된 춘풍을 사환으로 부린다거나 《배비장전》에서 애랑이 제주 목사와 짜고 배비장을 골탕 먹이는 상황과도 사뭇 다른 점이다. 그것은 추월이나 애랑은 직업에 충실한 기생으로서 손님을 대한 것인 데 반해, 애정 관계에 기초한 부부로서 아내 의양이 남편 무숙이를 이토록 수치스럽게 만든다는 점에서 당대 독자라면 충격에 빠질 법한 화끈한 이야기다. 첩인 아내로서 남편을 허드렛일을 하는 일꾼으로 부린다는 상황 설정 자체는 옛날이나 오늘날에도 쉽지 않은, 대단히 비현실적 상황이다. 따라서 충격 요법을 통한 재미를 선사하고자 한, 다분히 작품의 상품성을 고려한 과도한 설정이라 하겠다.

함께 읽기

옹고집은 무엇을 잘못했나?

● 옛 속담에 '돈은 정승처럼 벌어 개처럼 써라.' 하는 말이 있다. 또한 '노블레스 오블리주(Noblesse Oblige)'라 하여 오늘날 사회적 신분이 높은 사회 고위층 인사나 부자, 가진 자들에게 높은 수준의 사회적·도덕적 책무를 요구하고 있다. 이 작품을 읽고, 옹고집이 '돈(물질)'에 대해 갖고 있는 생각이 어떠한지 그 옳고 그름을 판단하여 보자. 그리고 부의 사용과 관련해 요구되는 덕목 내지 책임 있는 행동에는 어떤 것이 있을지 말해 보자.

● '수전노' 또는 '구두쇠'라 불리는 인물들이 등장하는 다른 작품과 《옹고집전》을 비교해 보고, 《옹고집전》만이 지닌 특징이 무엇일지 생각해 보자.

● 도승은 옹고집을 다른 방법으로 벌할 수 있는 능력을 지니고 있었음에도 불구하고 무자비한 복수 대신 지푸라기를 이용해 가짜 옹고집을 만들어 마음을 고치도록 하는 방법을 사용한다. 즉 처벌과 교화 중 후자에 방점을 두고 있다. 어떤 방법이 더 바람직하다고 생각하는지, 그리고 이런 처벌과 교화가 작품에서 갖는 의미가 무엇일지 친구들과 토론해 보자.

● 가짜와 진짜 이야기는 흥미롭다. 누가 진짜인지 확인받거나 진짜를 확인하는 과정에서 독자나 청중은 어떻게 가짜가 들통나며, 진짜의 욕심이 어떻게 해소되는지 그 과정에 대해 대단히 궁금해 한다. 그런데 이렇듯 흥미로운 내용의 〈옹고집 타령〉이 다른 전승 판소리와 달리 전승되지 못한 까닭은 무엇일까? 그 이유를 나름의 근거를 들어 설명해 보자.

● 인간은 누구나 선과 악의 이중적 성격을 동시에 지니고 있다. 또한 나는 옳다고 생각하는 것이 남에게는 잘못된 것으로 여겨질 수 있고, 하루에도 여러 번 선악 간 갈등이 일어난다. 진짜 옹고집이 우리의 솔직한 내면이라면, 가짜 옹고집은 공동체 속에 비친 우리의 외적 허울에 불과할 수 있다. 물론 그 반대도 가능하다. 두 명의 옹고집은 과연 같은 사람인가? 다른 사람인가? 같은 인물로 본다면 나는 과연 어느 옹고집에 더 가까운지 스스로 평가해 보자. 그리고 친구들과 서로 자신의 진짜 모습과 가짜 모습에 대해 이야기해 보자.

참고 문헌

김기형 역주, 《적벽가·강릉매화타령·배비장전·무숙이타령·옹고집전》, 고려대학교 민족문화연구원, 2005.

김종철, 〈옹고집전 연구〉, 《한국학보》 75집, 일지사, 1994.

김종철, 《판소리의 정서와 미학》, 역사비평사, 1996.

송방송, 《한겨레음악대사전》, 보고사, 2012.

전경욱 편저, 《한국전통연희사전》, 민속원, 2014.

정충권, 〈'옹고집전' 이본의 변이양상과 그 의미〉, 《판소리연구》 4집, 판소리학회, 1993.

최원오, 〈'무숙이타령'의 형성에 대한 고찰〉, 《판소리연구》 5집, 판소리학회, 1994.

최혜진 옮김, 《계우사/이춘풍전》, 지식을만드는지식, 2009.

국어시간에 고전읽기 23

옹고집전, 누가 똥골 맹랑촌 사는 진짜 옹고집이더냐

1판 1쇄 발행일 2016년 10월 14일
1판 4쇄 발행일 2024년 4월 15일

글 이민희
그림 경혜원

발행인 김학원
발행처 (주)휴머니스트출판그룹
출판등록 제313-2007-000007호(2007년 1월 5일)
주소 (03991) 서울시 마포구 동교로23길 76(연남동)
전화 02-335-4422 **팩스** 02-334-3427
저자·독자 서비스 humanist@humanistbooks.com
홈페이지 www.humanistbooks.com
유튜브 youtube.com/user/humanistma **포스트** post.naver.com/hmcv
페이스북 facebook.com/hmcv2001 **인스타그램** @humanist_insta

편집책임 문성환 **편집** 윤무재 **디자인** 김태형 박인규 **본문디자인** 림어소시에이션
용지 화인페이퍼 **인쇄** 청아디앤피 **제본** 민성사

ⓒ 이민희·경혜원, 2016

ISBN 978-89-5862-072-3 44810